mon

roman

chéri

*À Capucine et Marie, vétérinaires en herbe*

FLEURUS

Direction : Guillaume Arnaud
Direction éditoriale : Sarah Malherbe
Direction artistique : Élisabeth Hebert
Édition : Claire Renaud
Fabrication : Thierry Dubus, Marie Guibert
Mise en page : Text'oh
Illustration de couverture : Dorothée Jost


Site : www.fleuruseditions.com
ISBN : 978-2-2150-9840-9
Dépôt légal : octobre 2011
Code MDS : 651 465
N° d'édition : 11 226

Sophie de Mullenheim

# mon roman chéri

Fleurus

# 1

# *Un petit oiseau a pris sa volée…*

Chloé regarde autour d'elle. Personne n'a remarqué l'oisillon qui vient de tomber de son nid. La récréation du collège bat son plein et chacun est trop occupé par ses jeux ou ses conversations.

– Il est trop mignon, se dit Chloé en s'accroupissant. Il a dû se blesser.

Elle tend la main vers le petit animal qui tremble doucement.

– N'aie pas peur ! le rassure-t-elle. Je ne te ferai aucun mal.

Chloé s'apprête à le prendre dans sa main lorsqu'une voix l'arrête.

« Tu n'y penses pas ! Il ne faut jamais toucher un oiseau. C'est dangereux, les oiseaux. Ça donne plein de microbes. La grippe aviaire, tu connais ? Lave-toi les mains, veux-tu ! Ne t'approche pas ! Ou bien mets un masque ! Et des gants ! »

Chloé retient son geste et soupire. Mado ! Sa grand-mère a une peur bleue des oiseaux depuis qu'un pigeon est venu mourir sur son balcon l'année de l'épidémie de grippe aviaire. Après avoir appelé les pompiers, s'être fait vaccinée trois fois et avoir décontaminé son appartement,

Mado a déclaré la guerre aux volatiles. Dès qu'elle en a l'occasion, elle sert son discours à qui veut l'écouter. Si bien que, même lorsqu'elle n'est pas là, Chloé croit l'entendre.

– Mado n'en saura rien, se dit-elle.

Chloé hésite pourtant. Il faut avouer que les inquiétudes de sa grand-mère ne la laissent pas tout à fait indifférente. Avec le temps, elle en est venue à douter. Pas beaucoup certes, mais un peu tout de même. Et si Mado avait raison ? Et si le simple fait de toucher cet oisillon mettait sa vie en danger ? Ce serait idiot de mourir à 12 ans.

– Ooooh ! Comme il est chouuu !

Ça c'est Louise, une amie de Chloé. Depuis l'autre bout de la cour, elle a vu qu'il se passait quelque chose et elle a aussitôt accouru. C'est plus fort qu'elle, Louise a besoin d'être au courant de tout. Plus tard, elle veut être journaliste. Elle s'est déjà renseignée. C'est passionnant, le métier de journaliste !

Louise se penche au-dessus de l'oiseau pour le regarder de plus près.

– Il est tombé ? demande-t-elle.

– Oui, je l'ai vu dégringoler de l'arbre, répond Chloé.

– Il essayait sans doute de voler, en déduit Louise. Il est blessé ?

– Je crois, oui.

– L'aile ?

– Sans doute.

– Il était dans cet arbre-là ? poursuit Louise en désignant le platane au-dessus d'elles.

– Oui.

Chloé sourit en se pliant de bonne grâce à l'interrogatoire de son amie. C'est chaque fois pareil. Dès que quelque chose l'intéresse, Louise mène l'enquête comme une véritable journaliste.

Tout à coup, estimant qu'elle en sait suffisamment, Louise arrête ses questions, s'agenouille et attrape très délicatement l'oisillon.

– Attention ! ne peut s'empêcher de murmurer Chloé en pensant à Mado.

– Comme il est mignon, s'exclame Louise en examinant la pauvre bête sous toutes les coutures. Regarde ses petits yeux ! Son petit bec ! Ses petites pattes ! Et touche comme il est doux !

Louise caresse délicatement le duvet. Chloé la regarde faire, médusée.

– J'aime trop les animaux ! décrète Louise. Plus tard, je serai vétérinaire.

– Vétérinaire ? s'étonne Chloé. Tiens, tu veux être vétérinaire maintenant !

– Oui, répond Louise sans se démonter. C'est un métier palpitant, tu sais. Je me suis déjà renseignée sur les études à suivre...

Chloé s'apprête à taquiner son amie lorsqu'elle remarque une fille aux cheveux très roux qui s'est approchée d'elles sans un bruit. C'est la première fois qu'elle la voit dans la cour. Une telle chevelure ne passe pas inaperçue.

– Bonjour ! lance timidement la nouvelle venue.

– Salut ! lui répond Chloé.

– J'ai vu que vous aviez trouvé un oiseau blessé.

Louise et Chloé dévisagent l'inconnue. Elle est toute petite et très mince. Sa peau est si blanche qu'elle paraît presque translucide. Ses cheveux roux flottent autour de son visage fin où brillent deux immenses yeux verts.

– Puis-je le voir ? demande-t-elle timidement.

Louise hésite un moment puis tend finalement la main, trop heureuse de montrer qu'elle maîtrise la situation.

La fille rousse se penche sur l'oiseau et sourit.

– Il est croquignolet ! lâche-t-elle.

– Croqui… quoi ? répète Louise, interloquée.

– Croquignolet.

– Ça veut dire quoi, ce truc ?

L'inconnue se mord la lèvre, hésite puis précise :

– Il est très mignon.

– Ah OK ! Là, c'est clair. Je suis d'accord avec toi. Il est croquignolet, reprend Louise, bien décidée à inscrire sans attendre ce drôle de mot dans son répertoire.

Car Louise tient un répertoire de mots nouveaux pour son futur métier de journaliste. Elle trouve que ça fait bien d'utiliser des mots que personne n'emploie jamais ni même ne comprend. « Ça fait pro ! » dit-elle chaque fois qu'elle note un mot dans son petit carnet.

– J'ai pensé qu'il était tombé de son arbre, poursuit-elle sur un ton de connaisseuse.

– Il EST tombé de son arbre, confirme Chloé pour participer elle aussi à la conversation. Je l'ai vu !

– Il doit être blessé alors, s'inquiète l'inconnue.

– À l'aile, je pense, diagnostique Louise avec aplomb.

– Le pauvre !

– Touche comme il est doux ! s'extasie Louise.

La fille tend les doigts et effleure les petites plumes tachetées.

Cette fois-ci, Chloé ne veut pas être en reste. Et tant pis si elle doit mourir à 12 ans ! Elle approche sa main à son tour et caresse l'oisillon. C'est extraordinairement doux.

– Si on le soignait ? propose-t-elle alors.

# 2

# Bienvenue au Samu !

Mélusine avait toujours voulu intégrer le Samu, le Service d'aide magique d'urgence. Cette petite unité d'élite de la communauté des fées intervenait sur Terre pour voler au secours des humains dans la plus grande discrétion.

Toutes les fées rêvaient de faire partie de cette prestigieuse institution. Mais la sélection était sévère. Seules les plus douées et les plus prometteuses étaient appelées à l'intégrer. Aussi, lorsque Mélusine avait reçu la lettre lui annonçant son acceptation au Samu, elle n'en avait pas cru ses yeux. Quelques jours plus tard à peine, mademoiselle Brune la convoquait dans son bureau pour lui confier sa toute première mission.

– Rappelez-vous, Mélusine, la mit en garde mademoiselle Brune de but en blanc. Vous n'avez droit qu'à trois tours de magie par mission. Si votre mission est réussie, vous enchaînerez avec une autre et avec trois nouveaux tours. Mais si vous utilisez vos trois tours et que vous échouez, vous devrez revenir ici de toute urgence, avant que la Fouine vous retrouve. Et la Fouine retrouve toujours une fée affaiblie...

Mélusine réprima un frisson et hocha la tête. Trois tours seulement ! Elle connaissait les règles mais maintenant qu'il s'agissait d'elle, c'était différent. Cela risquait d'être affreusement difficile. Les tentations de changer le cours des choses d'un claquement de doigts étaient si nombreuses.

– Je vous envoie au collège du Bosquet, dit mademoiselle Brune. Vous devrez vous faire passer pour une élève. Cela ne devrait pas être trop difficile. Sur Terre, vous devriez avoir le même âge que les autres collégiens.

– Quel âge aurai-je là-bas ? coupa Mélusine.

– Voyons, Mélusine, soupira la responsable du Samu. Quel âge avez-vous ?

– 108 ans.

– Si vous divisez par 9, cela fait combien ?

Mélusine claqua des doigts pour faire apparaître une calculatrice. Elle n'avait jamais été très douée en mathématiques.

– Mélusine ! la reprit mademoiselle Brune. Pas de magie !

– Mais ce n'est...

– Si ! C'est de la magie. Faire apparaître à sa guise un objet, c'est de la magie. Ou de la paresse. À vous de choisir.

– Mais comment vais-je faire pour calculer quelque chose en cours ? s'inquiéta la jeune fée.

— Vous utiliserez une calculatrice si vous en avez besoin, mais elle devra être rangée dans votre casier ou dans vos affaires de cours.

S'interdire presque toute magie, ranger, calculer... Décidément, le programme qui l'attendait sur Terre n'enchantait pas Mélusine. Sans compter qu'elle devrait retourner sur les bancs de l'école à 108 ans ! Mélusine n'était plus aussi sûre de vouloir intégrer le Samu.

— Alors ? s'impatienta mademoiselle Brune.

— Pardon ?

— Quel âge aurez-vous sur Terre ?

Vaincue, Mélusine se concentra de son mieux, tenta de se rappeler ses premiers cours de mathématiques et finalement...

— 12 ! 12 ans ! C'est cela ! J'aurai 12 ans.

Mademoiselle Brune sourit imperceptiblement en notant la joie de la jeune fée qui avait réussi par elle-même.

- Vous y prendrez goût, vous verrez, lui dit-elle.

- Aux mathématiques ! s'écria Mélusine. Jamais !

Mademoiselle Brune cacha son sourire dans sa main et toussota pour retrouver son air sévère. En tant que directrice du Samu, elle ne pouvait pas se montrer sympathique devant les candidates. Les enjeux étaient trop importants. Il en allait de la vie de leur communauté. Chaque mission sur Terre était risquée car la Fouine guettait la moindre occasion de nuire.

Il y avait des années de cela en effet, alors que le Samu entamait tout juste ses missions sur Terre, une fée avait outrepassé ses pouvoirs en essayant de redonner vie à un homme. Comme cela était prévisible, sa tentative échoua et, pire que tout, elle provoqua la mort d'une autre personne. La fée avait alors aussitôt été chassée de sa communauté et condamnée à errer indéfiniment sur Terre. La Fouine – car c'était elle – ne se remit jamais de ce bannissement et jura de se venger. Ainsi, chaque fois qu'une fée du Samu intervenait sur Terre, elle s'évertuait à faire échouer sa mission.

Or la Fouine savait que lorsqu'une fée utilisait ses trois tours de magie sans parvenir à remplir sa mission, elle s'affaiblissait et devait rejoindre l'un des Points de retour d'urgence, afin de regagner la communauté. Pour cela, la fée ne disposait que de deux heures. Passé ce délai, elle perdait définitivement ses pouvoirs et se voyait condamnée à rester sur Terre. La Fouine guettait donc chaque fée en difficulté pour l'empêcher de rejoindre un PRU. Et à chaque fée qui ne revenait pas, la communauté se fragilisait. La Fouine attendait patiemment le moment où les fées seraient trop peu nombreuses pour se défendre. Alors, elle reviendrait en force, renverserait la reine et prendrait le pouvoir.

# 3

# Présentations

– Je m'appelle Louise.

Mélusine sourit à la grande fille brune qui se tient devant elle. Louise est vraiment jolie. C'est sans doute ce qui lui donne une telle assurance. À première vue, elle paraît un peu hautaine et « madame Je-Sais-Tout » mais ses yeux noisette pétillent de malice. Mélusine est sûre que Louise ne se prend pas autant au sérieux qu'elle en a l'air.

– Mélusine, se présente-t-elle à son tour. Mais tout le monde m'appelle Mèl.

– Bienvenue dans notre collège, Mèl ! Moi, c'est Chloé.

Chloé est châtain clair, un peu ronde et beaucoup plus effacée que son amie. Mais son sourire est franc et doux. Il émane d'elle une gentillesse infinie.

– Nous sommes en cinquième, précise Louise. En 5E. Et toi ?

– En 5B.

– Tu viens d'arriver ? demande Louise.

– Oui, répond Mèl. C'est mon premier jour.

– Tu étais où avant ?

– À Annecy.

– C'est où ça ? interroge Chloé.

– À la montagne, dans les Alpes.

– Et pourquoi tu es venue ici ?

– J'ai suivi ma tante.

La curiosité de Louise est immédiatement mise en alerte.

– Ta tante ? répète-t-elle avec intérêt.

– Je vis avec ma tante, oui, reprend Mèl. J'ai perdu mes parents lorsque j'étais toute petite.

– Ma pauvre… compatit Chloé en baissant la tête.

Un silence embarrassé s'installe entre les trois filles. Mèl sourit au fond d'elle-même. Amandine, sa « tante », avait raison.

Sur le moment, lorsque Amandine l'invita à répéter qui elle était et d'où elle venait, Mèl rigola.

– Mais je sais qui je suis !

– J'espère bien ! réagit aussitôt Amandine. Alors je t'écoute.

– …

– Allez ! Je ne plaisante pas.

– Je m'appelle Mélusine Bouleau, mais tout le monde me surnomme Mèl.

– Mmm !

– J'habite au 19 rue des Rochers, à Baillon.

– Continue…

– Je viens d'Annecy, dans les Alpes. J'habite avec ma tante parce que mes parents sont morts quand j'étais toute petite.

– C'est bien, coupa Amandine. Si tu dis que tes parents sont morts alors que tu étais toute petite, les gens seront gênés. Ils arrêteront vite de te poser des questions. Mais reprenons... Comment t'appelles-tu ?

Mélusine soupira.

– Mélusine Bouleau.

– Où habites-tu ?

– Au 19 rue des Rochers.

– Ton plat préféré ?

– La gelée de mimosa.

– Mèl ! gronda Amandine en roulant de gros yeux.

– Pardon ?

– Ton plat préféré ?

– La gelée de mimosa.

– Tu réalises ce que tu viens de me dire ? lui demanda Amandine d'un ton glacé.

– Mon plat préféré, oui.

– Et penses-tu que les Hommes mangent très souvent de la gelée de mimosa ?

Mélusine se mordit la lèvre. Amandine avait raison d'être furieuse. Elle s'était fait avoir comme une novice.

– Une erreur comme ça et tout peut se terminer là pour toi. Si quelqu'un soupçonne qui tu es vraiment, ta mission s'arrête sur-le-champ.

Mélusine baissa la tête, honteusement.

– Les Hommes pourront croire que je suis un peu dérangée ou que j'ai beaucoup d'humour, tenta-t-elle.

– Un membre du Samu ne peut pas compter sur ça.

Mèl avait alors repris ses répétitions d'arrache-pied avec Amandine. Au bout d'une semaine, elle était devenue incollable. Amandine ne réussissait plus à la coincer. Il n'y avait qu'une seule chose dont Mèl n'arrivait pas à se défaire, c'était les petites expressions désuètes, mais non dénuées de charme, qui émaillaient son discours. "Sapristi", "saperlipopette" et "croquignolet" faisaient partie de son vocabulaire quotidien. Elle parlait un français légèrement démodé qui trancherait sans doute avec celui de ses camarades de collège.

– Bah, ce n'est pas grave, abdiqua finalement Amandine. Si quelqu'un s'étonne de ta façon de parler, tu lui diras que c'est l'influence de la Suisse.

– Pourquoi la Suisse ? demanda Mélusine.

– Elle se situe tout à côté d'Annecy et on y parle un français un peu différent.

– Moi non plus je ne vis pas avec mes parents.

Mèl regarde Chloé avec étonnement.

– Mes parents sont médecins tous les deux, explique Chloé. Ils sont partis en mission au Nigeria. Le pays est beaucoup trop dangereux. Je suis restée en France et je vis chez ma grand-mère.

– Ils te manquent ?

– Oui et non, avoue Chloé. Ils partent presque tout le temps. Depuis que je suis toute petite, j'ai vu plus souvent ma grand-mère que mes parents.

L'oisillon piaille soudain comme pour se rappeler au bon souvenir des trois filles.

– On dirait qu'il souffre, s'inquiète Chloé. Regarde si son aile est cassée, suggère-t-elle à Louise.

– C'est que… hésite soudain son amie. Je vais lui faire mal.

Louise, la future vétérinaire, est moins sûre d'elle tout à coup. Elle a peur de blesser encore davantage le petit animal.

– Laisse-moi regarder, propose Mèl.

– Tu t'y connais en oiseaux, toi ? lui demande Louise d'un air soupçonneux.

– Tout à fait… Enfin presque, corrige Mèl. Nous avons étudié le mécanisme des ailes en classe, l'année dernière, improvise-t-elle.

Mèl regarde Louise à la dérobée. Pourvu que son explication soit convaincante. Mais après tout, ce n'est qu'un demi-mensonge. Elle s'y connaît très bien en matière d'ailes. Elle en a même portées pendant un certain temps.

Cela faisait un moment maintenant que les fées n'avaient plus d'ailes. La mode avait passé. Il n'empêche qu'à ses débuts Mèl portait des ailes, un chapeau pointu et une baguette magique avec une étoile au bout. Ce n'était pas très original, un peu ringard même, mais toutes les fées allaient ainsi et il ne leur serait jamais venu à l'idée de changer. Jusqu'au jour où un vent de modernité avait soufflé sur la petite communauté des fées. La fée Colchique, que tout le monde appelait Coco, avait révolutionné la mode vestimentaire en libérant les fées de leurs ailes et en reléguant le chapeau et la baguette aux oubliettes. Maintenant, les fées allaient tête nue et faisaient leurs tours en un claquement de doigts.

– Je ne crois pas que son aile soit cassée, décrète Mèl après avoir délicatement inspecté l'oisillon.

– Mais pourquoi piaille-t-il alors ? s'inquiète Chloé, qui a complètement oublié sa grand-mère.

– Il a peut-être faim, avance Mèl.

Un sourire illumine le visage de Louise.

– Tu as raison ! s'exclame-t-elle. Comment n'y ai-je pas pensé plus tôt ? Il faut lui donner à manger. J'ai un morceau de brioche dans mon sac ! Je cours le chercher.

Louise tend l'oiseau à Chloé qui le recueille dans ses mains sans réfléchir. Mais à peine son amie a-t-elle tourné les talons qu'elle entend de nouveau la voix de Mado bourdonner à ses oreilles.

« Inconsciente ! Irresponsable ! Prendre un oiseau dans ses mains... Tu vas mourir ! »

Chloé pâlit subitement.

– Tu ne te sens pas bien ? lui demande Mèl qui lui trouve soudain un drôle d'air.

– Si, si, répond Chloé d'une toute petite voix.

– Tu veux t'asseoir ? insiste Mèl.

– Non ça va.

Mèl n'est pas très rassurée. Chloé a vraiment mauvaise mine. Elle va s'évanouir et lâcher l'oisillon.

– Tu veux que je prenne l'oiseau ? propose-t-elle.

Chloé acquiesce de la tête.

Mèl attrape délicatement l'oiseau et le place au creux de sa main. Aussitôt, Chloé reprend des couleurs et semble mieux respirer. Mèl la dévisage avec insistance.

– C'est ma grand-mère, avoue Chloé en rougissant. Mado !

– Mado ?

– Oui, j'appelle ma grand-mère Mado. Elle a une peur bleue des oiseaux depuis l'épidémie de grippe aviaire. Elle est persuadée que tous les volatiles sont infectés.

Mèl sourit. Quelle drôle d'idée !

– Ne te moque pas, dit Chloé. Elle a vraiment peur et personne ne sait comment lui enlever cette idée de la tête. Elle ne sort même plus de chez elle. Ou très rarement. Ce soir, je l'invite au restaurant mais c'est exceptionnel. Elle accepte de sortir parce que c'est son anniversaire.

– En quoi cette histoire d'oiseaux te regarde ? demande Mèl.

– Si Mado continue... commence Chloé d'une petite voix brisée.

Mais la jeune fille s'arrête soudainement, se ravise et reprend en soupirant :

– À force d'entendre Mado crier sur tous les toits que les oiseaux sont dangereux, j'ai un peu fini par la croire.

Chloé lève les bras, impuissante. Mèl s'approche d'elle et monte le petit oiseau à hauteur de ses yeux.

– Penses-tu que cette adorable bête puisse te faire du mal ?

– Non, admet Chloé avec un sourire timide.

– Regarde comme il t'observe ! insiste Mèl d'une voix douce.

Chloé se penche prudemment vers l'oiseau. Ses yeux minuscules brillent comme deux toutes petites billes.

– Il est trop mignon, c'est vrai, murmure Chloé qui sent son cœur fondre une nouvelle fois.

– Et inoffensif ! précise Mèl avec un clin d'œil.

Chloé sourit tout à fait cette fois-ci. Elle souffle un grand coup et tend ses mains. Mèl y dépose le petit oiseau avec délicatesse. Elle est heureuse. Elle vient de se faire une amie.

# 4

# *Sauvetage*

– J'ai tout ce qu'il nous faut !

Louise arrive, les joues rouges d'avoir couru.

– De la brioche et une petite bouteille d'eau, dit-elle en déposant tout par terre.

Chloé et Mèl s'accroupissent à côté d'elle.

– Tu sais comment on fait ? lui demande Chloé.

– Non ! répond Louise. Mais ça ne devrait pas être trop compliqué.

Elle arrache un morceau de brioche qu'elle trempe dans un fond d'eau.

– Essore-le un peu, conseille Mèl.

Louise presse le morceau de brioche entre ses doigts et l'approche du bec du petit animal. L'oiseau ne bouge pas.

– Il n'ouvre pas le bec, s'inquiète Chloé.

– Il faut l'aider, dit Mèl.

– Fais-le, toi ! propose Louise qui tient toujours la boulette de brioche au bout de ses doigts.

Mèl attrape le petit bec et le desserre doucement.

– Dépêche-toi ! presse-t-elle Louise.

Louise glisse lestement le morceau de brioche dans la bouche de l'oisillon.

– Il a l'air d'apprécier, constate Chloé qui, plus assurée que jamais, caresse maintenant la tête de l'oiseau.

– Encore ! dit Louise.

Les trois amies renouvellent l'opération deux ou trois fois mais, cette fois-ci, l'oiseau ouvre lui-même le bec.

– Il aime vraiment ça ! se réjouit Chloé.

Penchées au-dessus de leur petit protégé, les filles n'ont pas vu passer le temps de la récréation. Lorsque la cloche sonne pour rappeler tout le monde en cours, elles sursautent. Chloé regarde Louise et Mèl d'un air paniqué.

– Qu'est-ce qu'on va faire de lui ? demande-t-elle.

– Pas question de le laisser là ! décrète Louise. Si quelqu'un le découvre, il est fichu.

– Et si un chat passe par là… ajoute Mèl.

Chloé frissonne. Un chat n'en ferait qu'une bouchée.

– On pourrait l'amener en cours ? suggère-t-elle.

– Tu n'y penses pas ! lâche Louise. Nous sommes en devoir de maths. Le prof nous tuera si nous arrivons avec un oiseau.

Louise et Chloé se tournent en même temps vers Mèl qui secoue la tête avec force.

– Non ! Non ! Je suis nouvelle, résiste-t-elle. Je ne veux pas me faire remarquer.

Chloé lui sourit timidement. Louise insiste du regard. La cloche sonne une seconde fois.

– Il faut y aller ! avertit Chloé.

Sans attendre davantage, elle tend les mains et glisse l'oiseau dans celles de Mèl.

– À toute ! lui lance-t-elle avant de rejoindre sa classe à toutes jambes.

La cour est vide à présent. Mèl se retrouve seule, plantée au milieu, le petit oiseau dans les mains.

– Mademoiselle ! l'appelle son professeur depuis le pas de la porte de sa classe. Mademoiselle ! La fin de la récréation a sonné.

Mèl soupire.

Règle numéro 1 : « Ne jamais se faire remarquer », l'avait prévenue Amandine.

Eh bien, c'est raté !

5

# Règlement intérieur

Dès qu'elle la vit, Mèl aima Amandine qui était chargée de l'accompagner durant ses premières années au Samu. Grande, très fine, Amandine avait du mal à prendre l'air sérieux que lui imposait son rôle d'instructrice. Malgré des efforts de chaque instant et un nombre incalculable de barrettes, Amandine ne parvenait pas à dompter l'incroyable crinière qui couronnait sa tête. Ses cheveux châtains et bouclés formaient comme une auréole de minuscules ressorts qui tressautaient au moindre de ses mouvements. Même lorsqu'elle se fâchait, Amandine n'avait pas l'air tout à fait sérieux. Ses boucles vivaient leur propre vie sur sa tête et donnaient l'impression de profiter de la situation pour valdinguer dans tous les sens.

Mademoiselle Brune n'avait pas choisi Amandine par hasard pour assister Mèl au sein du Samu. Elle était l'un de ses meilleurs agents et elle savait que Mélusine apprendrait beaucoup à son contact. Mademoiselle Brune ne voulait pas se l'avouer, mais elle fondait beaucoup d'espoirs sur Mèl. La jeune fée était douée, même si elle ne semblait pas s'en apercevoir. Elle possédait surtout une qualité précieuse pour un agent du Samu : Mèl aimait les gens. Elle savait les écouter et leur parler. Elle avait également une spontanéité qui la rendait très attachante. Amandine était pareille : tout le monde l'appréciait et elle aimait tout le monde !

Le premier contact entre les deux fées fut donc tel que mademoiselle Brune l'espérait : toutes les deux s'adoptèrent aussitôt.

Amandine se chargea de Mélusine durant les quelques semaines qui précédèrent sa première mission. Elle lui fit répéter son rôle, l'abreuva de conseils, d'anecdotes et d'encouragements. Elle lui remit également la charte du Samu qu'elle lut avec elle :

– Règle numéro 1 : Ne jamais se faire remarquer, commença Amandine. Rappelle-toi en effet que les agents du Samu agissent en toute DIS-CRÉ-TION.

Mèl ne put s'empêcher de sourire en écoutant Amandine lui parler de discrétion. Elle se demandait en effet comment cette dernière pouvait passer inaperçue sur Terre avec ses bouclettes endiablées, son air rieur, ses longues jambes qui n'en finissaient pas et son immense cabas en osier qui ne la quittait jamais. Amandine y rangeait tout ce dont elle pouvait avoir besoin, c'est-à-dire tout !

– Règle numéro 2 : Ne jamais prononcer en public les mots : "magie, magique, magicien, fée, sorcière, sortilège, tour de magie, sort, grimoire, elfe, baguette", etc., etc., abrégea Amandine. Règle numéro 3 : Ne pas agir sur la vie d'un être vivant.

Amandine s'arrêta sur ce point.

– Tu n'as pas le droit de ramener un être vivant à la vie, précisa-t-elle. Souviens-toi de la Fouine.

– De toute façon, je n'en ai pas le pouvoir, plaisanta Mèl.

– Tsst ! Tsst ! siffla Amandine en agitant ses boucles. Cela veut dire également que tu n'as pas le droit de guérir quelqu'un.

– Même pas si c'est un tout petit rhume ? demanda Mèl.

Les bouclettes s'agitèrent pour dire non.

– Tu laisses ça au médecin !

– Et si c'est un chiot ?

Nouveau coup de bouclettes.

– Direction le vétérinaire !

– Et une coccinelle ? insista Mélusine. Une coccinelle ne va pas chez le vétérinaire…

– La règle c'est la règle ! trancha Amandine. D'ailleurs, tu ne pourras pas t'apitoyer sur le sort des coccinelles puisque la règle numéro 4 précise de ne pas parler avec les animaux.

Mèl haussa les épaules en soupirant.

– Mèl ! la reprit Amandine. Tu ne soigneras pas de coccinelles.

– Oui, oui, lâcha la jeune fée sans conviction.

– Sans compter qu'une coccinelle guérie, c'est un tour de magie en moins, glissa Amandine en faisant les gros yeux.

Mélusine la regarda. Ça, c'était un argument valable car elle n'avait aucune envie de tomber aux mains de la Fouine.

– As-tu déjà vu la Fouine ? demanda-t-elle alors à son instructrice.

Amandine la regarda, surprise, puis éclata de rire.

– Tu plaisantes !

Mèl ne comprenait pas.

– Non, tu ne plaisantes pas, constata Amandine en redevenant sérieuse tout à coup. Ah ! là, là !, ces novices ! Bien sûr que j'ai déjà vu la Fouine, ajouta-t-elle. Je l'ai vue à chaque mission !

Mélusine n'en revenait pas. Ainsi, elle aussi risquait de se retrouver nez à nez avec le plus grand ennemi des fées ! Elle déglutit bruyamment.

– À quoi ressemble-t-elle ? interrogea-t-elle.

– À toi ! À moi ! La Fouine n'est jamais la même d'une mission à l'autre. Une fois, elle est vieille. Une autre, elle est jeune. Elle est un homme ou bien une femme. Elle est capable de prendre l'apparence de n'importe quel être vivant. D'une coccinelle même, tiens ! ajouta Amandine avec malice.

– Est-ce que je pourrai la reconnaître facilement au moins ? s'enquit Mélusine, soudain inquiète.

– J'aimerais te dire oui, mais il m'est arrivé une fois ou deux de ne pas avoir su derrière qui elle se cachait.

Voilà qui n'avait rien de très réconfortant. Mèl tenta donc de se rassurer d'une autre façon.

– Mais elle ne sait pas forcément qui nous sommes.

– Détrompe-toi, la refroidit Amandine. À force de nous mettre des bâtons dans les roues, la Fouine connaît chaque agent du Samu.

– Mais je suis nouvelle, argumenta Mèl. Elle ne saura pas qui je suis.

– Ne compte pas trop là-dessus. La Fouine porte bien son surnom. Elle furète partout et déniche la moindre petite fée à des kilomètres à la ronde. Je suis sûre qu'elle sait déjà qui tu es !

Mélusine sourit bravement à son instructrice. La situation était décidément beaucoup plus dangereuse qu'elle ne l'avait imaginée.

Amandine poursuivit :

– Règle numéro 5 : Ne pas claquer des doigts sans raison.

Amandine s'arrêta et resta plongée dans ses pensées un long moment. Mèl n'osait pas la déranger.

– Sais-tu que c'est à cause de moi que cette règle existe ? lui demanda finalement Amandine avec un air rieur.

Mèl secoua la tête.

– J'adore la musique, tu sais, lui expliqua Amandine. Dès que j'entends un air de musique, je ne peux pas m'empêcher de battre la mesure. Pour un peu, je me mettrais à danser.

Amandine s'arrêta et esquissa deux pas de danse en chantonnant.

– Un jour, un ami m'a invitée à un concert de jazz, poursuivit-elle. C'était fabuleux ! Quel rythme ! Je tapais du pied pour battre la mesure quand soudain, sans le faire exprès, je me suis mise à claquer des doigts dans le rythme. C'était si entraînant ! Sauf que, à chaque claquement de doigts, je provoquais une catastrophe sans m'en apercevoir. Je claquais des doigts sans leur donner d'ordre si bien que ma magie n'en faisait qu'à sa tête.

– Et quand t'es-tu arrêtée ? demanda Mèl, très amusée.

– Quand j'ai vu mademoiselle Brune entrer dans la salle du concert. J'ai tout de suite compris que quelque chose ne tournait pas rond. Inquiète, je me suis immédiatement arrêtée de marquer le rythme. Ce n'est que plus tard que j'ai réalisé l'ampleur des dégâts.

– Tu n'as pas été renvoyée du Samu ? s'étonna Mélusine.

– Un mois. Mais mademoiselle Brune a estimé que j'avais des circonstances atténuantes. Premièrement, personne n'avait rien vu de magique dans ces catastrophes à la chaîne. Et puis, comme aucune fée n'avait jamais fait l'expérience de claquer des doigts sans réfléchir, mademoiselle Brune a pensé que mes mésaventures pourraient être utiles à la communauté en édictant une nouvelle règle.

"Amandine a eu de la chance, pensa alors Mélusine. Je ne suis pas sûre que mademoiselle Brune soit aussi clémente avec moi si ce genre de chose m'arrivait..."

# 6

# Ça commence mal !

Mèl entre dans la classe en baissant la tête. Elle a rapidement glissé l'oisillon dans la poche de son chemisier blousant et espère qu'il se tiendra sage durant le cours. Tandis qu'elle remonte jusqu'à sa place au deuxième rang, elle sent tous les regards braqués sur elle.

« Ne pas se faire remarquer, se répète-t-elle tout bas. Ne surtout pas se faire remarquer ! »

Les élèves regardent avec insistance cette nouvelle arrivante un peu trop rousse à leur goût, un peu trop jolie aussi et, surtout, sacrément culottée pour être en retard dès le deuxième cours. Mèl voudrait claquer des doigts et disparaître mais là, pour le coup, ce serait dire adieu à son intégration au sein du Samu. Elle s'assoit donc à sa place en silence, espérant que l'attention se détourne bien vite d'elle.

Heureusement, le professeur d'histoire entame une nouvelle leçon qui passionne rapidement les élèves. Monsieur Ducol mime autant qu'il raconte l'histoire. En l'écoutant, ses élèves se trouvent propulsés au temps des hommes préhistoriques, des Égyptiens ou des chevaliers. Il est sans aucun doute leur professeur préféré, même s'il est de loin le plus sévère. Dans sa classe, personne ne bouge de peur de revenir le soir avec une rédaction à faire en guise de punition.

Mèl respire un peu. Elle jette un regard autour d'elle. Tous les élèves sont suspendus aux lèvres de monsieur Ducol. Personne ne fait plus attention à elle. Elle en profite pour tâter discrètement la poche de son chemisier. Elle sent le petit oiseau tout chaud dont le cœur bat à vive allure.

« Il a peur, le pauvre », pense Mélusine.

La jeune fille tente de s'intéresser au cours de monsieur Ducol, mais elle a bien du mal à détacher ses pensées du petit animal terrorisé au fond de sa poche. Quand elle y parvient enfin, le professeur d'histoire raconte à ses élèves la fondation de Rome :

– Lorsque Romulus et Remus décidèrent de fonder une grande ville, ils choisirent comme emplacement le lieu où ils avaient été trouvés et nourris par une louve. Mais il y avait là plusieurs collines et les deux frères ne purent s'entendre pour décider sur quel mont serait construite la ville. Ils décidèrent donc de consulter les augures.

Un élève lève la main :

– C'est quoi les augures, monsieur ?

– Les Romains pensaient que la nature, et les oiseaux en particulier, envoyait des signes pour encourager ou décourager un projet. C'était une façon de savoir si les dieux étaient favorables ou pas.

– Comment interprétaient-ils les signes ? demande un autre élève.

– Ils regardaient comment les oiseaux volaient, dans quelle direction ils allaient, ce qu'ils mangeaient et…

Un pépiement se fait entendre dans la classe.

Monsieur Ducol redresse instantanément la tête et dévisage chaque élève en plissant les yeux. Plus personne ne bouge. Le professeur s'apprête à reprendre son explication lorsqu'un nouveau pépiement perce le silence.

– Qui s'amuse à jouer les oiseaux ? tonne monsieur Ducol, le visage fermé.

Toute la classe secoue la tête. Pourtant le pépiement reprend, un peu plus fort.

Tassée au fond de sa chaise, Mélusine est pétrifiée. Elle sent l'oisillon s'agiter dans sa poche comme s'il voulait en sortir. C'est lui qui lance de petits cris désespérés.

– Quelqu'un aurait-il apporté un téléphone portable avec lui ? s'impatiente le professeur.

Monsieur Ducol tend l'oreille et inspecte la classe du regard. À mesure que les pépiements se font plus forts, il approche de Mélusine.

– Mademoiselle ! gronde le professeur quand il arrive à sa hauteur.

Mèl lève lentement la tête.

– Oui, monsieur, bredouille-t-elle.

– Savez-vous que les téléphones portables sont interdits à l'école ? lui demande monsieur Ducol d'un air sévère.

– Oui, monsieur, bafouille Mèl. Mais je n'ai pas de téléphone.

Monsieur Ducol fronce les sourcils. Le pépiement reprend. Son sang ne fait qu'un tour. Il déteste que l'on se moque de lui.

– Levez-vous ! ordonne-t-il d'une voix sèche. Donnez-moi votre sac et videz vos poches !

Mélusine pâlit. Elle attrape son sac à dos posé par terre et le tend à monsieur Ducol. Le professeur fouille fébrilement dedans. Il est très énervé. Et plus énervé encore quand il constate qu'il n'y a rien qui ressemble à un téléphone portable dans les affaires de Mélusine. Mèl se détend un tout petit peu lorsque l'oisillon pépie une nouvelle fois. On croirait qu'il le fait exprès.

– Vos poches ! Videz vos poches !

Monsieur Ducol perd son sang-froid. Mélusine est tétanisée. Que va-t-il se passer s'il découvre l'oiseau caché dans son chemisier ? La jeune fille n'a pas le choix, elle claque des doigts…

# 7

# Première invitation

À l'heure de la sortie, Chloé et Louise n'en croient pas leurs oreilles. Mèl vient de leur raconter le cours de monsieur Ducol.

– La vache ! s'exclame Louise. Tu as bien fait de ne pas l'amener avec toi en classe.

– Imagine la catastrophe si monsieur Ducol avait trouvé l'oiseau dans tes affaires ! renchérit Chloé.

Mèl acquiesce. Elle avait eu très chaud et sans sa magie, elle se serait très certainement retrouvée dans le bureau du directeur dès son premier jour de collège. Sans compter qu'elle n'aurait sans doute plus revu l'oisillon. Qui sait ce que monsieur Ducol en aurait fait ? Il l'aurait probablement reposé dehors, livré à lui-même.

Louise s'étonne tout de même.

– Mais d'où venait ce pépiement alors ? Monsieur Ducol l'a bien entendu. Il n'est pas fou.

Chloé hausse les épaules.

– Un élève aura trouvé drôle de jouer les trouble-fête, avance-t-elle comme hypothèse.

– C'était réussi ! s'indigne Mèl. J'ai manqué me faire prendre et nous avons tous une rédaction à écrire en punition ce soir !

Louise attrape délicatement l'oisillon caché dans le trou d'un arbre.

– En tout cas, toi, tu as l'œil, félicite-t-elle Mèl. Ce trou était la cachette idéale.

Mèl sourit. Envoyer l'oisillon de sa poche à l'abri dans cet endroit avait été un jeu d'enfant pour elle. Elle se serait néanmoins passée de le faire car elle venait d'utiliser un premier tour de magie avant même de connaître sa mission. Amandine allait être furieuse.

L'oisillon s'agite un peu dans les mains de Louise. Il ouvre le bec en fermant les yeux.

– Il réclame encore à manger, s'attendrit Chloé. Il faut lui redonner de la brioche.

– Si vous veniez à la maison pour que nous nous en occupions ? propose Louise en glissant délicatement le petit animal dans la poche de son pull. J'ai une vieille cage de hamster. On pourrait l'installer dedans le temps qu'il reprenne des forces et qu'il sache voler.

– Parfait ! lance Chloé.

Chloé a l'habitude de passer chez Louise après l'école pour travailler. Il suffit qu'elle prévienne sa grand-mère par téléphone en arrivant chez son amie. Mèl, en revanche, n'est pas persuadée qu'Amandine voie cette invitation d'un très bon œil. Après ce qui s'est passé cet après-midi, elle a sans doute envie de lui faire la leçon.

– Il faut que je demande à ma tante, avoue Mèl. Je ne pense pas qu'elle acceptera.

– Même si c'est moi qui lui demande ? propose Louise avec malice.

Mèl fait une moue dubitative. Elle vient en effet d'apercevoir Amandine qui l'attend à la sortie du collège. Elle affiche un air sévère et sa chevelure tressaute avec colère. Mèl soupire à l'idée des réprimandes qui vont lui tomber dessus.

– Bonjour, madame !

Louise n'a pas attendu d'être présentée pour s'approcher d'Amandine et lui tendre la main avec un sourire désarmant.

– Je suis Louise Sufflot, une amie de votre nièce, poursuit-elle avec naturel. Nous avons fait connaissance aujourd'hui et j'aurais aimé l'inviter chez moi cet après-midi.

Amandine ouvre de grands yeux étonnés. Elle ne s'attendait pas à trouver Mèl accompagnée après une seule journée de classe.

– C'est que... commence-t-elle, prise de court.

– Vous voulez bien ? insiste gentiment Louise. Chloé vient elle aussi et nous aimerions passer un moment ensemble.

Chloé adresse un sourire franc à Amandine.

– Bonjour, madame, salue-t-elle à son tour.

Amandine détaille du regard les trois filles qui lui font face. Elles ont toutes le même âge (ou presque pour Mélusine) et on pourrait croire qu'elles se connaissent depuis toujours. La jeune femme ne peut s'empêcher de sourire en pensant que sa petite protégée est plus douée qu'il n'y paraît. Certes elle a déjà gâché un tour de magie et, pour cela, elle est bien décidée à lui passer un savon, mais elle s'est déjà parfaitement intégrée dans son nouvel environnement, ce qui, après un jour sur Terre seulement, relève d'une véritable performance.

Amandine se laisse convaincre, mais à une condition :

– Je veux que tu sois à la maison à 19 heures, indique-t-elle à Mélusine. Il faut que tu aies le temps de faire tes devoirs.

Louise lance un regard complice à Mèl qui se retient de sourire trop ouvertement de peur de froisser Amandine et de la faire revenir sur sa décision.

– Merci, madame ! remercie Louise en tournant déjà les talons.

Amandine regarde les trois filles s'éloigner. Mélusine est de loin la plus petite en taille. En la voyant ainsi au milieu de ses amies, Amandine sourit en pensant que Mélusine espérait ne pas attirer le regard de la Fouine. Mélusine est trop typiquement… féerique. Très petite, fine et fort jolie avec son teint de lait, elle répond à tous les canons de beauté en vogue dans la communauté des fées. Sans compter qu'elle est parfaitement désordonnée comme le sont, et l'ont été, les plus grandes fées de l'histoire. Amandine frissonne. Elle devra redoubler de vigilance si elle ne veut pas que la Fouine mette la main sur sa protégée. Elle a promis à mademoiselle Brune d'y veiller et il n'est pas concevable qu'elle manque à sa parole.

# 8

# Trois filles et un oiseau

Penchées au-dessus de la cage, Chloé, Louise et Mèl ne se lassent pas de contempler l'oisillon qui s'apaise doucement.

– Vous croyez qu'il est bien, là ? s'inquiète Chloé qui se découvre une passion de plus en plus forte pour le petit animal.

– Il ne peut pas être mieux, constate Louise, fièrement.

Les filles ont en effet fait tout leur possible pour lui aménager une cage luxueuse. Avec des restes de litière pour chat, de petits morceaux de coton et des lambeaux de tissu, elles lui ont confectionné un nid douillet. Elles s'y sont repris à plusieurs fois pour lui donner la forme désirée.

Mèl s'est chargée de récupérer des miettes dans la huche à pain. Elle a laissé les plus petites en un tas dans un coin de la cage et a fait ramollir les autres dans quelques gouttes de lait. Chloé, quant à elle, a rempli d'eau un bouchon de bouteille de lait pour en faire un abreuvoir.

– À votre avis, combien de temps va-t-il mettre pour se rétablir ? demande Chloé.

Mèl l'ignore.

– Une à deux semaines, avance Louise avec assurance.

– Peut-être moins, espère Mèl.

– Tu peux le garder chez toi ? demande Chloé à Louise. Chez ma grand-mère, ça va être difficile, poursuit-elle. Je n'ai pas de cage.

Mèl regarde Chloé à la dérobée qui lui fait signe du regard de ne rien dire à Louise. Elle ne veut pas que tout le monde sache que sa grand-mère est devenue à moitié folle à cause des oiseaux.

– Cela risque d'être difficile pour moi aussi de l'amener chez ma tante, déclare Mèl. Nous venons d'emménager et nous n'avons pas encore déballé tous les cartons.

C'est le moins que l'on puisse dire en effet. Le petit appartement dans lequel Mèl a emménagé avec Amandine est envahi par les cartons. Il y en a partout ! Quand il avait fallu que Mélusine prépare ses affaires, elle n'avait pas réussi à se décider sur ce qu'elle devait emporter avec elle. Définitivement désordonnée, elle avait préféré entasser son immense bazar dans des cartons tout en prenant une bonne résolution : faire du tri en arrivant sur Terre. C'était utopique de penser qu'elle y parviendrait. Son emploi du temps s'annonçait chargé sans compter que, à dire vrai, ranger était contre ses principes ! Amandine souffrant visiblement du même "mal" que sa protégée, les deux fées ne sortiraient pas des cartons avant longtemps. À moins qu'une main magicienne ne se charge de faire du rangement, ce sur quoi il ne fallait pas compter. En tant que membre du Samu, Amandine était tenue elle aussi de respecter la règle des trois tours de magie par mission. Ainsi, si elles devaient ranger leur appartement, elles le feraient... à la main !

– C'est dur de déménager, non ? demande Chloé, toujours attentive aux autres.

– Non, pas trop.

Mèl hausse les épaules.

– Mais tu as dû quitter tes amies, s'inquiète Chloé.

Mèl réfléchit quelques secondes.

– Oui, bien sûr, mais nous restons en contact, dit-elle enfin.

– Moi je ne crois pas que j'aimerais changer de ville, avoue Chloé avec simplicité.

– Papa est agent immobilier, dit alors Louise. Il cherche des maisons et se charge de les louer ou de les vendre. Tu as peut-être eu affaire à lui pour venir t'installer ici.

– Ça m'étonnerait, répond Mèl. Amandine ne se fie qu'au bouche-à-oreille.

– Amandine ? demande Louise.

– Ma tante, oui. Elle trouve toujours à se loger grâce à ses relations. C'est à croire qu'elle connaît la Terre entière !

– Qu'est-ce qu'elle fait comme métier ? questionne Chloé.

– Elle est coiffeuse à domicile.

– Coiffeuse ? Elle ? s'étonne Louise qui n'a pas été sans remarquer l'impressionnante chevelure d'Amandine.

– Les cordonniers sont souvent les moins bien chaussés, admet en riant Mélusine. Je crois que c'est justement parce que ses cheveux lui jouent des tours à longueur de journée que ma tante a décidé de discipliner ceux des autres.

– Ça se tient ! admet Louise en riant. Mais je ne suis pas sûre que je m'adresserais à elle pour me faire coiffer.

Mèl rit de bon cœur.

– De toute façon, tu n'es pas son type ! déclare-t-elle. Amandine coiffe surtout des personnes âgées qui ne peuvent plus sortir de chez elles. Elle aime beaucoup les vieilles personnes. Elle me répète toujours que c'est à leur contact que nous apprenons le plus de choses.

Mélusine, Chloé et Louise poursuivent leur discussion avec bonne humeur. Très vite, elles se découvrent des points communs. Mèl est rassurée d'apprendre que Chloé non plus n'est pas née avec la fibre du rangement. Sa capacité à laisser traîner ses affaires un peu partout lui vaut de se faire régulièrement ramener à l'ordre par sa grand-mère. Quant à Louise, Mèl découvre qu'en plus de vouloir être journaliste et dernièrement vétérinaire, elle rêve d'intégrer une école de cirque ou de créer des parfums. En fait, Louise ne sait pas très bien ce qu'elle veut faire. Tout l'intéresse. Tout la passionne. C'est une curieuse invétérée et une boulimique de lecture. Chaque semaine, elle dévore une dizaine de livres de la bibliothèque sur n'importe quel sujet.

L'après-midi passe à toute vitesse au chevet du petit animal blessé et lorsque Mélusine pense à regarder l'heure, il est 18 h 55.

– Saperlipopette ! s'écrie-t-elle. Je vais être en retard. Ma tante va encore grigner.

– Grigner ? demande Louise.

– Grincer des dents, se reprend Mèl en se levant d'un bond.

Elle attrape son sac, embrasse ses amies et disparaît par la porte d'entrée. Louise et Chloé se regardent avec étonnement.

– Tu as vu ça, s'exclame Louise. On dirait Cendrillon qui a la permission de minuit !

– Tu crois qu'elle va se faire gronder par sa marraine la fée ? pouffe Chloé.

# 9

# Grosse colère

Débout dans l'entrée, Amandine trépigne en regardant sa montre.

– 19 heures ! s'impatiente-t-elle. J'ai dit 19 heures !

Il est 18 h 59 et Mélusine n'est toujours pas là. Amandine est énervée. Avec elle, l'heure c'est l'heure. La ponctualité est l'une de ses principales qualités.

– Quand on travaille au Samu, pas question d'arriver en retard, aime-t-elle répéter à sa protégée. Les urgences ne nous attendent pas.

Amandine s'apprête à appeler chez Louise lorsque la clé tourne dans la serrure. Mélusine ouvre la porte et la referme, toute essoufflée. Elle regarde sa montre. 19 heures ! Il était temps.

– J'ai failli attendre, l'accueille Amandine assez froidement.

Mélusine tente de désamorcer la crise en lui adressant son plus beau sourire. Mais Amandine n'est pas d'humeur à se laisser attendrir. Mélusine est à pied d'œuvre depuis une journée et elle a déjà utilisé un tour de magie.

– Tu imagines que nous devons discuter toutes les deux, commence Amandine à brûle-pourpoint.

Mélusine baisse la tête.

– Je ne pouvais pas faire autrement, murmure-t-elle.

– Si ! l'arrête Amandine. Tu n'aurais pas dû aller en cours avec cet oiseau dans la poche. Tu aurais dû trouver tout de suite un endroit où le cacher !

– Je n'en ai pas eu le temps, se défend Mèl.

– Sais-tu que ton insouciance a mis mademoiselle Brune très en colère, déclare Amandine. À peine avais-tu claqué des doigts que j'ai dû me rendre auprès d'elle pour plaider ta cause alors que je n'avais pas terminé la couleur de ma cliente. Pauvre madame Picon ! Elle n'a que la moitié de ses cheveux teints.

Mélusine ne peut s'empêcher de sourire en imaginant une charmante vieille dame avec une seule partie de ses cheveux presque bleus. Cependant, les yeux en colère d'Amandine lui signalent que ce n'est pas le moment de rire.

– Mademoiselle Brune était furieuse que tu te sois déjà servi de ta magie, reprend Amandine.

– Mais c'était une urgence ! rétorque Mèl.

– Une urgence pour toi, oui ! Mais pas pour les autres ! Dois-je te rappeler que le Samu est là pour les autres. Tu ne dois utiliser ta magie que pour faire du bien à quelqu'un.

– J'ai sauvé un oiseau, tente de se justifier Mélusine.

– Ton rôle n'est pas de sauver les oiseaux, mais d'aider les Hommes.

Amandine regarde sa montre.

– D'ailleurs, il est l'heure que nous allions *Au Plat unique*. Il est préférable que tu connaisses ta mission avant d'utiliser toute ta magie, ajoute-t-elle sur un ton pincé.

La première fois que Mélusine entendit parler du restaurant *Au Plat unique*, elle venait d'avoir 104 ans, soit 11 ans et demi en âge terrien. Elle se demandait à quoi elle occuperait les mille ans à venir lorsqu'elle tomba sur une petite annonce qui attira son attention dans le journal de sa communauté.

"Recherchons serveuse
pour restaurant pas comme les autres.
Expérience non nécessaire.
Sourire indispensable."

"J'ai toujours rêvé de voir comment fonctionnait un restaurant, se dit Mélusine. C'est l'occasion !"

Elle claqua des doigts et sa candidature avec sa photo atterrit instantanément sur le bureau de la propriétaire du restaurant. Chaque minute, un léger claquement de doigts résonnait dans la petite communauté et une nouvelle lettre apparaissait sur le bureau. Bientôt, il disparut complètement sous le courrier. Mélusine n'avait aucune chance d'être choisie. Pourtant, après quelques jours, elle reçut un message la conviant à rencontrer la propriétaire des lieux.

Le jour de l'entretien, madame Violette, la vieille fée qui l'accueillit, lui plut immédiatement. Elle avait la peau aussi fripée qu'un vieux parchemin, mais des yeux pétillants et un sourire très doux.

– Que sais-tu faire ? la questionna la vieille dame.

– Euh rien ! avoua Mélusine.

– As-tu déjà servi dans un restaurant ?

– Non.

– Cuisines-tu parfois ?

– Non plus.

– Quelle est ta passion ?

– Les gens !

Curieusement, ces quelques réponses suffirent à convaincre la propriétaire. Elle résolut d'embaucher Mélusine et lui fit faire le tour des lieux, un restaurant avec pignon sur rue, sur Terre.

Le restaurant s'appelait *Au Plat unique* car on y servait un seul plat qui changeait tous les jours. Les petites tables entouraient une jolie fontaine dans laquelle nageaient quelques poissons rouges qui brillaient parfois sous les rayons du soleil.

Au début, Mélusine se demanda comment un restaurant ne servant qu'un seul plat pouvait attirer du monde, mais il lui suffit d'une journée pour comprendre en quoi résidait la vraie richesse de ce lieu. La salle était toujours comble car les gens se sentaient bien *Au Plat unique*. Madame Violette prenait toujours le temps de discuter avec chacun et de prendre des nouvelles. À mesure que les clients arrivaient, elle les plaçait aux petites tables autour du bassin. Parfois, quelques privilégiés étaient conviés à s'asseoir à une table ronde un peu plus grande que les autres et qui se trouvait dans un coin du restaurant, à l'abri des regards. Avec eux, la propriétaire prenait plus de temps qu'avec les autres. Elle s'asseyait et restait souvent discuter avec eux longtemps après la fermeture du restaurant.

Mélusine, qui suivait madame Violette pour pouvoir la seconder le moment venu, s'étonna du traitement de faveur de cette unique table :

– En fonction de quoi placez-vous les personnes à la table là-bas dans le coin ? questionna-t-elle. Ce n'est jamais la même personne qui s'y assoit.

– Ah ! La table du pauvre ! dit mystérieusement la vieille dame.

– La table du pauvre ?

– Oui, c'est ainsi que je l'appelle.

– Pourtant le jeune homme qui s'y trouve en ce moment n'a rien d'un pauvre. Il semble même plutôt riche.

La vieille dame tourna la tête vers le client assis à la fameuse table. Il mangeait doucement en prenant soin de ne pas tacher son beau costume.

– Je ne parle pas de cette pauvreté-là, murmura alors madame Violette. Regarde-le mieux.

Mèl détailla alors le jeune homme en prenant garde à rester discrète. Il semblait grand, plutôt maigre et très beau. Mais elle lui trouva l'air triste et fatigué. Son visage était pâle et, sous ses yeux, elle remarqua de larges cernes noirs.

– Pourquoi a-t-il l'air triste ? demanda-t-elle à sa patronne.

– Je n'en sais rien encore, avoua la vieille dame. Mais j'irai passer du temps avec lui tout à l'heure pour comprendre ce qui ne va pas et pour l'aider. Tu vois, mes pauvres à moi sont ceux qui sont malheureux, tristes, pessimistes ou battus d'avance. Et je me suis fait la promesse qu'aucun d'entre eux ne ressortirait de mon restaurant aussi mal qu'il y était entré. Je veux qu'ils repartent le cœur plus léger.

Mélusine sourit. Elle comprit alors l'intérêt du plat unique. Il permettait de passer moins de temps en cuisine et plus de temps auprès des clients.

Mèl avait passé deux mois *Au Plat unique*, deux merveilleux mois. Quelquefois, madame Violette l'avait invitée à l'accompagner à la table du pauvre. Alors, petit à petit, l'idée de redonner le sourire aux gens lui apparut comme une évidence. C'était ce qu'elle voulait faire ! Mais comme Mélusine rêvait de voir du pays, la perspective de passer toute sa vie dans un restaurant lui sembla impossible. C'est ainsi qu'elle postula au Samu.

# 10

# Au Plat unique

Assise dans un coin du restaurant, Mélusine observe la clientèle de ce soir avec attention. Il est tôt et il n'y a pas encore beaucoup de monde dans la salle. Placée juste en face d'elle, Amandine joue avec sa serviette en gardant les yeux fixés sur la porte d'entrée.

– Peut-on souper ? demande Mélusine dont le ventre commence à faire d'étranges gargouillis.

– Pas encore, répond Amandine. On attend quelqu'un.

– Parce que quelqu'un doit venir ? questionne Mèl qui n'a aucune idée de la façon dont elle va découvrir sa mission.

– Mmm ! marmonne Amandine.

– Qui est-ce ?

– Je ne sais pas !

– Tu ne sais pas ? s'exclame Mélusine. Mais alors comment allons-nous reconnaître cette personne ?

– Madame Violette nous le dira.

– Madame Violette ?

– Elle-même, répond Amandine un peu agacée par les questions de la jeune fille.

Mélusine sourit et regarde la vieille dame qui s'affaire dans son restaurant. Ce nom frais et joyeux lui va décidément comme un gant.

Soudain, la porte du restaurant s'ouvre. Amandine se dresse sur sa chaise tandis que Violette va accueillir une famille qui vient d'arriver. Elle les installe à une table non loin de Mélusine et de son instructrice. Amandine soupire mais déjà la porte s'ouvre de nouveau. Les traits de la jeune femme se figent sous le coup de la surprise. Mèl se retourne vers la porte et ouvre à son tour de grands yeux étonnés. Chloé vient d'entrer dans le restaurant, accompagnée d'une dame de près de 80 ans, emmitouflée dans un manteau. Elle a les cheveux très blancs et mi-longs. Elle a dû être très belle, jeune, et elle l'est encore si l'on ne se fie pas à son air apeuré.

– Chloé ! s'exclame-t-elle.

– Qu'est-ce qu'elle fait là ? souffle Amandine.

– Elle m'a dit qu'elle invitait sa grand-mère au restaurant pour fêter son anniversaire. Sa grand-mère ne sort presque jamais.

Amandine soupire.

– C'est bien notre veine. Elles auraient pu choisir un autre restaurant.

Mélusine hausse les épaules.

– C'est peut-être juste à côté de chez elles, dit-elle en agitant la main en direction de Chloé qui l'a aperçue.

Madame Violette, la propriétaire, s'approche de Chloé et de sa grand-mère avec un grand sourire. Elle les invite à les suivre à travers le dédale des petites tables. Lorsqu'elle leur indique enfin l'endroit où s'asseoir,

Mélusine n'est pas tout à fait surprise. La sensibilité de Violette ne l'a pas trompée : Chloé et sa grand-mère s'installent à la table du pauvre !

Aussitôt, Amandine se détend et se penche vers Mélusine.

– Tu n'as pas faim ?

– Si, mais je croyais que nous attendions quelqu'un.

– Ça y est, la personne est arrivée.

– Mais tu m'as dit que tu ne la connaissais pas, remarque Mèl qui ne comprend plus rien.

– En effet, répond Amandine, mystérieuse. Mais maintenant, je sais de qui il s'agit.

Mélusine regarde autour d'elle. En dehors de Chloé, sa grand-mère et la famille arrivée juste avant elles, personne d'autre n'est entré dans le restaurant. Cette fois-ci, c'est à son tour de s'agacer.

– Sapristi ! Tu peux m'expliquer ? demande-t-elle en haussant le ton malgré elle.

– Chuut ! la calme Amandine. Ne te fais pas remarquer !

– J'aimerais comprendre, reprend Mélusine sur un ton plus bas.

– Il a été convenu que tous les membres du Samu viendraient chercher leur mission ici, commence Amandine en parlant bas et en se penchant au-dessus de la table.

– J'ai bien compris cela, mais ensuite ?

– Quand Violette a repéré parmi ses clients quelqu'un qui a besoin de l'aide du Samu, elle l'assoit à la table du pauvre.

Mélusine est abasourdie.

– Chloé ? s'étonne-t-elle.

Amandine hoche la tête avec un sourire.

– Tu veux dire que Chloé est ma mission ? répète Mèl pour être sûre d'avoir bien compris.

## 11

# *Entre la vie et la mort…*

Le regard de Louise passe de l'écran de son ordinateur à la petite cage posée sur son bureau. L'oiseau est tout calme maintenant. C'est à peine si on distingue le mouvement de sa respiration sous ses plumes. Cette immobilité inquiète Louise. Elle lui paraît suspecte.

– Ne meurs pas ! supplie-t-elle l'oisillon. Ne meurs pas !

Lorsque les parents de Louise sont rentrés du bureau, elle s'est précipitée pour leur montrer le petit oiseau blessé qu'elle avait recueilli avec ses amies. Sa mère s'est attendrie sur l'oisillon, mais son père s'est montré beaucoup moins enthousiaste. Il s'inquiétait pour l'animal.

– Vous lui avez donné à manger ? a-t-il demandé à Louise.

– Oui. Un peu de brioche mouillée dans de l'eau.

– Et tu es sûre que c'est ce qu'il fallait faire ?

La question surprit Louise qui n'avait pas imaginé un seul instant qu'elles aient pu mal faire.

– Je… Eh bien… Je crois… Non. Je ne sais pas, bredouilla-t-elle.

– Il est toujours préférable de se renseigner avant d'agir, dit alors son père. Tu n'es pas un oiseau. Tu ne sais donc pas de quoi il peut avoir besoin.

Louise s'est alors ruée sur Internet et ce qu'elle y a lu l'a accablée. Elles avaient tout fait de travers !

« Si vous trouvez un oisillon, replacez-le dans son nid plutôt que de l'emmener chez vous. Ses parents vont le retrouver rapidement et s'en occuper. Les oiseaux ont un odorat peu développé, contrairement aux mammifères. L'odeur de vos doigts sur un petit n'empêchera pas ses parents de le reprendre avec eux.

En revanche, si l'oiseau vous semble blessé, recueillez-le délicatement en le posant dans une serviette-éponge enroulée autour de lui pour maintenir ses ailes en place.

Manipulez le moins possible l'oisillon. Vous risquez d'endommager son plumage et de l'empêcher de voler plus tard.

Ne lui donnez ni pain, ni lait. Un oiseau n'est pas capable de digérer le lait. Ce dernier est toxique pour eux. Quant au pain ou à la brioche, la farine n'est pas nourrissante pour les oiseaux. De plus, le pain risque de gonfler dans l'estomac de l'animal et de boucher ses intestins. Sans compter que le sel contenu dans le pain est mauvais pour les oiseaux.

Ne forcez pas l'oisillon à boire. Vous pourriez faire entrer de l'eau dans ses poumons.

N'installez pas l'oiseau dans une cage. Il risquerait de se blesser contre les barreaux. Placez-le plutôt dans un carton adapté à sa taille et percé de trous. Tapissez le carton de papier journal, cela suffit.

Évitez de mettre l'oiseau en situation de stress et de le faire voir à beaucoup de monde. Gardez-le plutôt dans un endroit calme à l'abri des courants d'air et appelez le centre de soins le plus proche. »

Louise s'en veut de ne pas avoir regardé plus tôt sur Internet ce qu'elle devait faire. Maintenant il fait presque nuit et il est trop tard pour appeler un centre de soins ou pour aller chercher un carton quelque part. Car Louise a eu beau retourner toute la maison, elle n'a pas trouvé l'ombre d'un carton ou d'une boîte à chaussures. Elle devra donc laisser l'oisillon dans la cage toute la nuit et cette perspective l'inquiète. Certes elle a immédiatement retiré le pain et le lait de la cage, mais le mal est déjà fait et elle se demande si les quelques miettes absorbées par le petit animal ne sont pas déjà en train de gonfler dans son ventre au point de le faire éclater.

Louise veille tard dans la nuit. Elle ne parvient pas à s'endormir et se lève plusieurs fois pour vérifier que l'oisillon vit toujours. Lorsqu'elle s'endort enfin d'épuisement, ses rêves sont entrecoupés d'images d'oiseaux morts qui la terrifient.

## 12

# Chloé

Allongée dans son lit, Mélusine ne trouve pas le sommeil elle non plus. Il faut absolument qu'elle aide Chloé et sa grand-mère. Ce que lui a révélé Violette l'attriste. Elle ne pensait pas que sa nouvelle amie puisse être dans une situation aussi délicate.

À la fin de leur repas, madame Violette était venue s'asseoir un moment avec elles à table.

– Comment se porte cette nouvelle recrue ? demanda-t-elle avec gentillesse.

La vieille dame regardait Mélusine avec un large sourire. Ses yeux souriaient eux aussi. Ils souriaient tout le temps.

– Bien, je pense, répondit Amandine à la place de sa protégée. Mais un peu étonnée.

– Pourquoi cela ? s'enquit Violette.

— Vous avez installé à la table du pauvre sa toute nouvelle amie, expliqua Amandine. Elles ont fait connaissance au collège, aujourd'hui même.

Les yeux de la vieille dame pétillèrent.

— C'est drôle, s'amusa-t-elle.

— Oui et non, répondit enfin Mélusine. Car si vous avez dit à Chloé et à sa grand-mère de s'asseoir à la table du pauvre, c'est qu'elles vivent quelque chose qui n'est pas drôle justement.

Madame Violette se rembrunit un instant. Elle venait de passer un long moment avec Chloé et Mado et ce qu'elle avait appris était triste en effet.

— Sais-tu que ton amie vit avec sa grand-mère ? commença-t-elle.

— Oui. Elle me l'a dit.

— Ses parents ne sont presque jamais là, continua madame Violette. Ils vont aux quatre coins du monde pour soigner les populations en détresse.

— Jusque-là, rien de très nouveau, dit Mélusine.

— Malheureusement, les voisins de la grand-mère de Chloé menacent de saisir les services sociaux. Il paraît qu'elle a une phobie des oiseaux.

— Je ne vois pas en quoi cela les concerne ! s'exclama Mèl.

— Elle fait parfois de violentes crises d'angoisse. Ses voisins se sont plaints. Ils soutiennent qu'elle est folle et qu'elle ne peut pas s'occuper de sa petite-fille.

Mélusine ouvrit la bouche, horrifiée.

– Mais alors, où irait vivre Chloé ? demanda-t-elle.

– Sans doute dans une famille d'accueil en attendant le retour de ses parents.

– Et Mado ?

Amandine regarda Mélusine avec étonnement. Qui était cette Mado ?

– Chloé appelle sa grand-mère Mado, expliqua Mèl.

– Elle ira sans doute dans un établissement qui s'occupe de ceux qui perdent un peu la tête.

– Les fous ?

Madame Violette hocha simplement la tête. La réponse était évidente.

Amandine frappe à la porte de la chambre de Mélusine.

– J'ai vu de la lumière, dit-elle en ouvrant doucement. Tu ne dors pas ?

– Non, avoue Mèl. Je cherche une solution.

Amandine s'approche et s'assoit au bord du lit.

– Je me souviens de ma première mission, se rappelle-t-elle. Je n'ai pas fermé l'œil pendant trois jours ! Je n'étais pas belle à voir après trois nuits blanches, ajoute-t-elle avec un petit rire.

– Tu ne sais pas comment je pourrais les aider, toi ? demande Mèl.

– Non. Et même si je le savais, je ne te le dirais pas.

– Pourquoi ? s'indigne Mélusine.

– C'est la règle ! Un jour tu devras te débrouiller toute seule car je ne serai plus là. Autant te mettre en situation tout de suite.

– La règle, toujours la règle ! s'énerve Mélusine. On s'en fiche de la règle si on est là pour aider les gens !

– C'est bien parce que ces règles existent que nous pouvons continuer notre mission.

– Je ne te crois pas !

– Sans règles, il y a longtemps que la Fouine aurait repris le pouvoir dans notre petite communauté, explique Amandine le plus calmement possible.

Mélusine prend un air boudeur. Elle ne supporte pas l'injustice et pour elle, toutes ces règles sont injustes. Elles l'empêchent de faire tout son possible pour rendre les autres plus heureux.

Amandine se lève en soupirant. À ses débuts au Samu, elle aussi avait trouvé difficile de ne pas être en mesure de faire tout ce qu'elle voulait pour venir en aide aux autres. Se comporter comme des êtres tout-puissants, c'était la tentation de toutes les fées. Mais cela ne pouvait les conduire qu'à leur perte, et à la perte des Hommes. La Fouine en était le plus parfait exemple.

– Je te laisse, dit-elle finalement. Je t'empêche de réfléchir. Mais n'oublie pas que tu n'as plus que deux tours.

Mélusine plonge la tête dans son oreiller avec rage.

« Deux tours ! se dit-elle. C'est de la pure folie ! C'est impossible ! Autant chercher tout de suite un PRU pour retourner dans la petite communauté des fées. »

# 13

# Inquiétudes

– Comment va notre protégé ? demande Chloé à peine arrivée au collège.

– C'est catastrophique ! souffle Louise, la mine décomposée par le manque de sommeil.

– Il est mort ? s'alarme aussitôt Chloé en pâlissant.

– Il a passé la nuit, mais je ne sais pas dans quel état je vais le retrouver en rentrant.

– Pourquoi ? s'écrie Chloé. Tu lui as bien laissé de quoi manger au moins !

Louise secoue la tête. Toute penaude, elle explique à Chloé les découvertes qu'elle a faites hier soir en surfant sur Internet.

– Oh non ! s'exclame Chloé. Pauvre bête !

Mèl qui arrive à cet instant s'inquiète de voir ses deux amies si blanches.

– Il est arrivé quelque chose ? demande-t-elle avec appréhension.

– Non, souffle Louise. Enfin si.

Elle raconte de nouveau ce qu'elle a appris. À sa grande surprise, Mélusine garde son calme, du moins en apparence.

– S'il a passé la nuit, déclare-t-elle, c'est sans doute qu'il n'a rien de grave. Seulement, il faut prendre les choses en main pour la suite.

– Que comptes-tu faire ? demandent Louise et Chloé en chœur.

– Nous devons contacter le centre de soins pour les animaux, déclare Mèl. C'est bien ce qu'ils préconisent, non ?

Louise acquiesce puis se renfrogne.

– Impossible ! Je déjeune à la cantine aujourd'hui, dit-elle.

– Et moi aussi, se souvient Mèl.

– Je peux m'en charger ! s'écrie Chloé. Je déjeune dehors ! J'ai promis à Mad...

Chloé s'arrête brutalement. Elle pâlit légèrement puis secoue la tête.

– Non, pardon, souffle-t-elle. Je ne pourrai pas.

– Pourquoi ? demande Louise, très étonnée. Tu viens de nous dire que tu déjeunais dehors.

– Oui, mais ce n'est pas possible, murmure Chloé en baissant la tête.

– Où vas-tu ? interroge Louise avec agacement.

– Chez ma grand-mère.

– Et alors ? s'exclame Louise. Elle n'a pas le téléphone, ta grand-mère !

– Si. Enfin non. Ou plutôt oui mais... bafouille Chloé.

Mèl tente de venir à son secours.

– Tu n'auras qu'à lui dire que tu appelles une amie, suggère-t-elle.

Chloé la regarde, reconnaissante.

– Tu crois ?

– J'en suis sûre, la réconforte Mèl.

Louise les dévisage d'un air soupçonneux.

– Vous me cachez quelque chose toutes les deux ?

Chloé rougit violemment.

– Qu'est-ce que tu vas dire au centre de soins ? enchaîne Mélusine pour changer de sujet.

– Je ne sais pas trop, répond Chloé.

– Si, dit Louise. Tu dois d'abord expliquer où nous avons trouvé l'oiseau et ce que nous avons fait.

– Je vais me faire tuer ! s'écrie Chloé.

– Pas du tout ! Nous avons agi par ignorance. Ce n'était pas fait exprès, l'arrête Mèl.

– Tu devras aussi sans doute le décrire, ajoute Louise.

– Aidez-moi, demande Chloé. Comment est-il déjà ? Je ne me souviens déjà plus.

– Ses plumes sont grises, un peu mouchetées, se rappelle Mélusine. Plutôt rondouillard.

Louise sort alors une photo de sa poche.

– Je me suis amusée à le prendre en photo hier soir. C'était avant de me rendre compte que nous avions tout fait de travers.

Louise tend la photo à Chloé. L'oisillon est vraiment minuscule. Son petit bec est fin et assez allongé. Ses plumes sont grises et légèrement tachetées en effet. Ses tout petits yeux semblent briller d'intelligence.

– On dirait une grive, note Mèl.

Louise se tourne vers elle :

– Tu t'y connais en oiseaux, toi ? s'étonne-t-elle.

– Un peu, admet Mèl. Certains sont assez facilement identifiables.

– Il y en a d'autres qui sont facilement reconnaissables, marmonne Louise qui suit depuis un moment les allées et venues d'un garçon dans la cour. Regardez celui-là, ajoute-t-elle en désignant du menton le garçon brun debout à quelques mètres de leur petit groupe.

Mèl jette un œil sur le garçon en question. Elle lui trouve un drôle de visage. Il a des yeux noirs tout petits et assez rapprochés, le nez long et la mâchoire supérieure avancée qui donne l'impression de prolonger son nez. Il lui fait penser à un animal, mais elle ne saurait dire lequel.

– Ceux comme lui, je les reconnais à dix kilomètres. Ils fouinent partout pour ensuite aller cafter auprès des professeurs et s'en tirer avec les honneurs, crache Louise. Regardez-le, il prend la fuite. Il se sait repéré, alors il bat en retraite. Je déteste ces gens-là.

À côté de Louise, Mèl ne répond pas. Elle est plongée dans ses pensées.

« Ils fouinent partout, se répète-t-elle. Fouinent. Fouine. C'est ça, une fouine ! Le garçon qui nous observait depuis un moment ressemble à une fouine ! »

Un frisson parcourt le dos de Mélusine. Se pourrait-il que ce soit lui, LA Fouine ?

# 14

# Précieuses consignes

– Bonjour, Mado, dit Chloé en apercevant sa grand-mère qui l'attend sur le pas de la porte.

– Tu n'as pas touché d'oiseau ? lui demande Mado de but en blanc.

– Non, Mado, ment Chloé après une très légère hésitation.

– Tu n'as pas laissé traîner tes mains n'importe où ?

– Non, Mado.

– Tu t'es lavé les mains ?

– Oui, Mado.

– Et la figure ?

– Et la figure, répond Chloé qui est effectivement passée aux toilettes juste avant de sortir du collège pour se laver les mains et la figure.

Alors sa grand-mère lui tend les bras.

– Viens là que je t'embrasse, ma chérie, dit-elle avec un large sourire.

Chloé se laisse aller dans les bras de Mado en collant son nez dans son cou, là où la vieille dame applique toujours une goutte de parfum. Ça sent divinement bon.

Mado est plus vieille que la plupart des grands-mères des amies de Chloé. La mère de Chloé est la petite dernière d'une grande famille – huit enfants – et elle s'est mariée tard. Lorsque Chloé est née, sa grand-mère avait déjà 65 ans.

Chloé aime beaucoup sa grand-mère et elle souffre de la voir devenir presque folle à cause des oiseaux depuis quelques années. Au début, les gens s'étaient amusés de ses lubies. Mado faisait rire ceux à qui elle tenait son discours saugrenu. Puis, avec le temps, ils s'étaient lassés. Beaucoup avaient espacé leurs visites. Souvent, ils n'étaient plus venus du tout. Même sa propre famille trouvait de plus en plus pesant d'aller la voir. Chloé, qui vivait avec elle, était presque le seul lien qu'il lui restait avec le monde extérieur.

L'heure du déjeuner passe à toute vitesse et Chloé n'a toujours pas trouvé le courage de demander à sa grand-mère si elle pouvait se servir du téléphone. La collégienne n'aime pas l'idée de lui mentir, mais il y va de la vie de l'oisillon et elle s'y est attachée. Si seulement sa grand-mère n'avait pas cette phobie, elle aimerait lui en parler.

– Mado ? se décide enfin Chloé. Est-ce que je peux appeler une amie ? Elle n'était pas en cours ce matin et je voudrais savoir si elle va bien.

Mado lève un sourcil étonné puis sourit.

– Bien sûr, ma chérie. Vas-y ! répond-elle. Tu préfères le combiné du salon ou celui qui est dans ma chambre ?

Chloé rougit.

– Va dans ma chambre, propose sa grand-mère, compréhensive. Tu seras plus tranquille.

Chloé se lève, soulagée, et se dirige vers la chambre de sa grand-mère. Lorsqu'elle aperçoit la fenêtre grillagée et hérissée de piques, elle se sent triste comme à chaque fois. Oui, si seulement Mado n'avait plus peur des oiseaux...

Chloé décroche vite le téléphone et appelle le centre de soins. L'hôtesse d'accueil n'a malheureusement pas de bonnes nouvelles.

– Pensez-vous qu'il soit possible de vous déposer l'oiseau ? demande Chloé en évitant de parler trop fort.

– Quel dommage ! regrette l'hôtesse. La camionnette est partie ce matin pour la clinique vétérinaire. Le prochain voyage aura lieu dans deux jours.

– Dans deux jours ! s'exclame Chloé. Comment allons-nous faire d'ici là !

– Votre oiseau a-t-il déjà beaucoup de plumes ? questionne l'hôtesse.

– Pas mal oui, répond Chloé.

– C'est bien. Cela signifie qu'il est déjà robuste et qu'il est prêt à prendre son envol. Il sera plus facile pour vous de vous en occuper. Savez-vous maintenant s'il a le bec long ou au contraire si son bec est court ?

Chloé ne s'en souvient plus. Elle attrape la photo de l'oisillon glissée dans la poche de son jean et la regarde.

– Plutôt long, je dirais. Et il est fin.

– Parfait. Il doit donc s'agir d'un oiseau insectivore.

– Il ne mange pas de graines ? interroge Chloé.

– Non. Il préfère les moucherons et toutes ces petites bêtes-là.

– Pratique ! s'exclame Chloé. Nous allons devoir chasser les mouches pendant deux jours.

L'hôtesse d'accueil rit.

– Rassurez-vous, lui dit-elle. Je vais vous expliquer comment faire.

Chloé saisit un morceau de papier sur le bureau de sa grand-mère et prend en note tout ce que lui dit la jeune femme. « Les filles vont être contentes », pense-t-elle.

L'hôtesse est bavarde et Chloé ne voit pas le temps passer. Quand elle regarde enfin sa montre, il est l'heure qu'elle retourne au collège.

– Je dois aller en cours, interrompt-elle la conversation. Merci beaucoup, madame.

Vite, Chloé plie le papier, le glisse dans sa poche puis retourne au salon où Mado l'attend en prenant son café.

– Je suis désolée, Mado, je suis restée plus longtemps que prévu au téléphone.

Mado lui tape sur l'épaule avec tendresse.

– Bah ! Ce n'est pas grave. J'ai été jeune moi aussi. Allons, file, tu vas être en retard.

Chloé quitte l'appartement de sa grand-mère sans attendre. Aujourd'hui, Mado est en forme. Elle ne lui a pas servi son éternel discours sur les oiseaux et, quand c'est ainsi, elle ressemble à toutes les grands-mères du monde. Chloé sourit. En tout cas, elle a bien rempli sa mission. Elle a toutes les informations nécessaires pour maintenir l'oisillon en vie en attendant de l'amener au centre qui le transférera à la clinique vétérinaire. Chloé tâte la poche de son jean avec satisfaction. Tout est là. Il n'y a plus qu'à agir.

# 15

# Un précieux petit malade

– Beurk !

À la caisse de l'animalerie, Louise prend une mine dégoûtée.

– Ça grouille ! C'est affreux, ajoute-t-elle en plissant le nez. Je vous préviens, je ne m'en occupe pas. Moi, je me charge des croquettes pour chat.

Mèl sourit. Louise la fait rire. Elle semble toujours très sûre d'elle, mais dès que quelque chose la dégoûte ou lui fait peur, elle bat en retraite plus vite que son ombre.

– Quel courage ! lance Mélusine pour l'asticoter.

Chloé à son côté ne dit rien, mais le regard qu'elle jette à la boîte de vers de farine parle pour elle.

– Chloé ? C'est toi qui vas écraser la tête des vers pour les donner à notre oiseau ? demande Mèl en plaisantant.

– Non ! s'écrie Chloé.

Puis, se reprenant, elle ajoute :

– Enfin, si personne d'autre ne veut le faire...

Mèl soupire exagérément.

– Laissez, dit-elle d'un ton faussement résigné. Je m'en occupe.

Louise et Chloé sourient et se redressent un peu. L'oisillon doit être nourri avec des vers de farine, mais ces petites bêtes grouillantes et gluantes ne les inspirent pas du tout. La simple idée de devoir les attraper dans leur boîte leur donne des frissons de dégoût. Si Mèl veut bien leur écraser la tête et les faire tremper dans un peu d'eau avant de les donner à l'oisillon, elles aiment autant. Cela leur enlève une sacrée épine du pied.

– Je me charge des croquettes, répète Louise qui ne veut tout de même pas être en reste.

– Et moi de l'eau, propose Chloé.

Les trois amies quittent la petite animalerie du quartier d'un pas pressé. Mèl a pris le minuscule paquet dans lequel la caissière a glissé la boîte de vers de farine.

– On aurait pu prendre des asticots, lance-t-elle en rigolant. C'est plus gros et encore plus dégoûtant.

Louise fait la grimace.

– Tu n'y penses pas ! dit Chloé aussitôt. La dame du centre de soins m'a bien dit des vers de farine et non des asticots. Il paraît que les asticots sont mortels pour les oiseaux !

– Fichtre ! s'écrie Mèl.

Chloé et Louise se regardent d'un air goguenard. Les drôles d'expressions de Mèl les amusent beaucoup. Elles ont parfois l'impression d'entendre parler un livre d'histoire.

En arrivant chez Louise, les trois filles ralentissent soudain le pas.

– Et s'il était mort ? murmure soudain Chloé, osant dire tout haut ce que chacune d'entre elles pense tout bas.

– Tu crois ? s'inquiète Louise.

– Il avait l'air d'avoir beaucoup de plumes tout de même, tente de se rassurer Chloé en se rappelant ce que l'hôtesse d'accueil du centre lui a dit. S'il a des plumes, c'est qu'il ne vient pas de naître. Il est sans doute assez âgé pour pouvoir jeûner un peu.

– J'espère qu'il nous aura attendu, souffle Mèl.

Mèl est soudain prise d'un terrible remords. Si elle avait voulu, elle aurait été tout à fait en mesure de faire apparaître de quoi nourrir cet oiseau avant leur retour du collège. Dès qu'elle avait appris ce qu'il fallait donner au petit animal, il lui aurait suffi de claquer des doigts pour mettre dans sa cage une bonne pâtée d'insectes prête à être avalée. Mais Mélusine ne l'avait pas fait. Non pas qu'elle craignait de se faire gronder par Amandine, car un tel tour lui aurait valu de sérieuses remontrances, mais elle n'y avait tout simplement pas pensé. À croire qu'après deux jours sur Terre seulement, elle se comportait déjà plus comme un être humain que comme une fée. Certes les tentations de claquer des doigts étaient nombreuses dans une seule journée. Mais on aurait dit que plus Mélusine apprenait à se maîtriser et plus elle se défaisait de ses réflexes de fée pour se fondre dans sa nouvelle identité et penser comme les filles et les garçons qui l'entouraient. C'était étonnant et un peu effrayant à la fois.

Les inquiétudes des trois filles sont de courte durée. À peine Louise a-t-elle glissé la clé dans la serrure et ouvert la porte d'entrée qu'elles entendent l'oisillon piailler dans la chambre de Louise. Avant d'aller à l'école, cette dernière a glissé quelques feuilles de papier journal entre les barreaux de la cage pour éviter que l'oiseau ne se blesse. Lorsqu'elle écarte une feuille pour regarder à l'intérieur, elle le découvre qui ouvre grand le bec et crie famine.

– Les filles, c'est à nous ! lance-t-elle pour motiver les troupes.

Sans attendre, Louise, Mèl et Chloé se dirigent vers la cuisine, emportant la cage avec elles.

– Je vais lui donner à boire pendant que vous vous occupez de son repas, suggère Chloé. On m'a dit qu'il ne fallait pas le forcer à boire avec une seringue ou une pipette, mais simplement lui proposer le bout de son doigt trempé dans l'eau. On va voir si ça marche.

Chloé passe son doigt sous le robinet d'eau de la cuisine et fait perler une goutte au bout. L'oisillon, ravi, l'attrape dans son bec minuscule.

– Recommence ! s'enthousiasme Louise. C'est trop mignon !

Mèl regarde d'un œil les exploits de Chloé. Elle est occupée à écraser avec une fourchette la tête des vers de farine. Seulement les vers ne sont pas gros et leur tête est assez semblable à la queue. Dans le doute, Mèl écrase donc les deux extrémités des vers qui se tortillent dans une petite assiette. Ensuite, elle les plonge dans un peu d'eau.

– Il en faut combien ? demande-t-elle à Chloé.

– De quatre à six par heure, répond Chloé, fière de l'importance que le coup de téléphone au centre de soins lui a donnée.

– Mais si nous ne l'avons pas nourri de la journée ? demande Mèl.

– Limite-toi à quatre ou six vers, précise Chloé. L'estomac des oiseaux n'est pas extensible.

Mèl compte six vers. Elle en attrape un avec la pointe d'un couteau et l'approche du bec de l'oisillon qui ne semble pas s'y intéresser le moins du monde.

– Il exagère, s'indigne-t-elle. On est allées lui acheter des vers de farine bien frais exprès !

– Réessaie, propose Chloé.

Mèl retente sa chance sans plus de succès.

– Et si tu lui donnais avec les doigts ? suggère Louise. Ce serait moins impressionnant pour lui.

Mèl, qui jusqu'ici s'est moquée des airs dégoûtés de ses amies, hésite une seconde.

– Tu penses ? demande-t-elle comme une confirmation.

– Mmm ! répond Louise avec aplomb.

Mèl saisit de l'extrême bout des doigts un ver qui s'agite encore un peu et l'approche du bec de l'oisillon. Cette fois-ci, il n'en fait qu'une bouchée. Mèl sourit.

– Ça marche !

– Je te l'avais dit ! lance Louise d'un air supérieur.

Mèl glisse ainsi quatre vers dans le bec de l'oisillon lorsque Louise décide de reprendre les choses en main.

– Laisse-moi lui faire goûter mes croquettes maintenant, dit-elle à Mèl.

Louise s'apprête à en donner une à l'oisillon lorsque Chloé l'arrête d'un cri.

– Tu es folle ! Tu ne vas quand même pas lui donner comme ça.

Mèl hoche la tête.

– C'est vrai que c'est un peu gros.

– Il faut mettre les croquettes dans l'eau pour les ramollir, explique Chloé. C'est ce que m'a dit la dame au téléphone.

Une heure plus tard, l'oisillon est rassasié et désaltéré. Ses trois jeunes maîtresses le contemplent avec le sentiment du devoir accompli.

– Croyez-vous qu'il soit privable ? demande Mèl tout à coup.

– Pardon ? dit Chloé. C'est quoi ce mot ?

– Privable ? répète Mèl.

– Oui. Je n'ai jamais entendu ça.

Mèl réfléchit pour donner la meilleure explication possible.

– Pensez-vous que nous puissions l'apprivoiser ? reprend-elle plus simplement.

– Privable veut dire qui peut être apprivoisé ? questionne Louise, très intéressée.

– Bien sûr, oui ! répond Mèl.

Sans un mot, Louise se dirige vers le bureau dans sa chambre et en sort un répertoire rouge qu'elle ouvre à la lettre P.

– Qu'est-ce que c'est ? s'intéresse Mèl.

– Mon répertoire de mots difficiles ou nouveaux, répond Louise avec le plus grand sérieux.

– À quoi cela te sert-il ?

– À collectionner les mots que je ne connais pas ou que l'on utilise peu. J'espère bien pouvoir les replacer un jour dans un article de journal.

– Ah ! s'exclame Mèl, amusée. Et tu entends souvent des mots que tu ne connais pas ?

– Pas trop, avoue Louise. Mais depuis que je t'ai rencontrée, ma collection ne s'est jamais aussi bien portée !

Les trois amies éclatent de rire. Et comme s'il voulait participer à la bonne humeur générale et se rappeler à la mémoire des filles, l'oisillon se met à piailler.

– Mais non, nous ne t'avons pas oublié ! lui murmure Chloé avec tendresse.

– Maintenant, nous te le confions, dit Mèl à Louise. C'est toi qui devras lui donner à manger en attendant que nous puissions l'amener au centre de soins après-demain.

– Vous croyez qu'il va réclamer souvent ? demande Louise, soudain un peu inquiète.

– Tout petits, les oisillons ouvrent le bec toutes les heures ! la renseigne Chloé qui est décidément devenue incollable sur la question.

– Oh non ! gémit Louise. Si je n'ai pas mes neuf heures de sommeil, je suis d'une humeur de chien !

– Il ne te réveillera pas la nuit, la rassure Mèl. Ce n'est pas une chouette !

– Tu crois ?

– As-tu déjà entendu gazouiller des oiseaux en pleine nuit ? interroge Mèl. Les oiseaux dorment, eux aussi !

Louise semble soulagée.

– Et pour les vers ? reprend-elle après quelques secondes. Je vais devoir lui en donner aussi ?

Mèl et Chloé hochent la tête d'un air compatissant.

– Quelle horreur ! s'écrie Louise. Tu ne veux pas le prendre chez toi, Chloé ?

– Impossible ! lance Chloé. Ma grand-mère a la phobie des oiseaux, avoue-t-elle tout bas.

– Et toi ? demande Louise en se tournant vers Mèl.

Mèl secoue la tête.

– Trop de cartons ! lâche-t-elle sans possibilité de négociation.

Louise baisse les bras.

– Mais je ne vais jamais pouvoir toucher ces bestioles !

– Tu n'auras qu'à lui donner un peu de jaune d'œuf délayé dans de l'eau, lui suggère Chloé.

– C'est quoi, cette histoire ? demande Louise d'un air soupçonneux.

– Je viens de me rappeler que la dame du centre m'avait également parlé de jaune d'œuf.

Louise souffle puis fusille son amie du regard.

– Tu ne pouvais pas le dire avant !

Chloé hausse les épaules. Il n'y a pas de quoi en faire un drame. Mais Louise a perdu la face et cela ne lui plaît pas. Pour changer de sujet, Mèl détourne l'attention des deux amies.

– Vous ne trouvez pas qu'il a changé ? demande-t-elle en faisant mine d'observer l'oisillon avec attention.

Chloé s'approche et étudie le petit oiseau. Louise se penche à son tour au-dessus de l'animal.

– Tu es sûre ? demande-t-elle à Mèl.

– J'ai l'impression, oui, répond Mèl. On dirait que son plumage est plus moucheté.

Chloé a beau écarquiller les yeux, elle ne voit aucune différence.

– Je ne me rends pas bien compte, avoue Louise. Chloé, as-tu toujours la photo que je t'ai donnée ce matin ? Nous allons comparer.

Chloé se redresse et glisse la main dans la poche arrière de son jean. Soudain, elle arrête son geste et devient livide.

– Chloé ? dit Mèl avec inquiétude.

Chloé ne répond rien. Ses yeux s'agrandissent avec horreur. La photo ! Elle a oublié la photo près du téléphone de Mado !

# 16

# Pauvre Mado !

Des lumières bleues clignotent dans la rue. Une étrange agitation règne à la porte de l'immeuble de la grand-mère de Chloé.

– Oh non ! s'exclame Chloé en se précipitant vers l'ambulance garée juste devant.

Mèl et Louise lui emboîtent le pas, mais un infirmier les arrête en leur barrant le passage de son bras.

– On ne passe pas ! dit-il.

– Mais c'est ma grand-mère ! hurle Chloé qui vient de reconnaître Mado allongée sur un brancard. Je vis chez elle. Laissez-moi passer, c'est ma grand-mère !

Devant la détresse de Chloé, l'infirmier cède et la laisse approcher de l'ambulance. En revanche, il arrête Mèl et Louise.

– Vous êtes de la famille ? questionne-t-il.

– Non ! admet Louise. Enfin, nous sommes ses amies.

– Alors écartez-vous, dit l'infirmier avec autorité. Personne d'autre que votre amie ne peut approcher.

Louise et Mèl reculent de quelques pas et regardent, impuissantes, Chloé qui s'accroche à la main de sa grand-mère en pleurant.

– Tu crois que c'est grave ? demande Louise avec inquiétude.

– J'ai l'impression, répond Mèl. Chloé m'a dit que sa grand-mère avait une vraie peur panique des oiseaux. Il est possible qu'elle ait fait une sorte d'attaque cardiaque en apercevant la photo près de son téléphone.

– Tout de même ! s'exclame Louise. C'est un peu gros, non ?

Mèl se tourne vers Louise avec un air sévère.

– Sais-tu ce qu'est une phobie ?

– C'est quand on a peur de quelque chose, répond Louise en regrettant de ne pas en savoir plus long sur la question.

– Celui qui a une phobie a peur de quelque chose en effet, reprend Mèl. Mais sa peur est si forte qu'elle peut tourner à la panique. Parfois, il perd tous ses moyens, son pouls s'accélère, il peut faire un malaise...

Louise dévisage Mèl avec des yeux ronds. Où a-t-elle bien pu apprendre tout ça ?

– Quoi ? lui demande Mèl en sentant peser sur elle le regard de son amie. Qu'est-ce que j'ai dit ?

– Rien. Enfin si. Tu m'épates. C'est à Annecy que tu as appris tout ça sur la phobie ?

Mèl baisse les yeux. Cela lui apprendra à vouloir jouer les savantes. Son discours était un peu trop professionnel, elle s'en rend compte. Mais ce n'est pas de sa faute si tout ce qui touche à la médecine l'intéresse.

– J'ai... hésite-t-elle. J'ai vu ça dans une série télévisée, dit-elle enfin avec un pauvre sourire. Un patient était arachnophobe.

Louise lève les sourcils sans comprendre.

– Arachnophobe, répète Mèl. Il avait peur des araignées. Le médecin expliquait en quoi une phobie pouvait être dangereuse et bouleverser la vie de quelqu'un.

Louise sourit. « Arachnophobe ». Voilà un joli mot pour son répertoire. Ça tombe bien, elle n'a pas beaucoup de mots qui commencent par un A.

Le hurlement de la sirène la ramène à la réalité. L'ambulance démarre en emportant Chloé et sa grand-mère à l'hôpital.

– Pauvre Chloé ! soupire Louise. Au moins, sa grand-mère est entre de bonnes mains. Il n'y a pas mieux que le Samu.

Mèl se fige. A-t-elle bien entendu ?

– Tu disais ? demande-t-elle à Louise.

– La grand-mère de Chloé est entre de bonnes mains, répète Louise. Le Samu est vraiment compétent.

Mèl regarde son amie les yeux agrandis par la surprise. Louise ! Au Samu ! Elle n'aurait jamais pensé cela. Une chose l'intrigue toutefois, c'est le peu de prudence de son amie. Que fait Louise de la règle numéro 1 qui impose la plus grande discrétion aux agents du Samu ? À moins que ce ne soit un piège pour que Mèl relâche sa vigilance. Mèl observe Louise en coin. Serait-il possible que ce soit elle la Fouine ?

La jeune fée en est là de ses réflexions lorsque son regard s'arrête sur l'ambulance qui s'éloigne dans la rue. Les lettres Samu sont inscrites en énorme sur la carrosserie ! Mèl n'y comprend plus rien.

# 17

# Drôle de quiproquo

Amandine ne peut plus s'arrêter de rire. Ses boucles châtain se sont lancées dans une danse endiablée au sommet de sa tête. Elles s'allongent, rétrécissent, s'allongent encore et rebondissent au rythme des hoquets d'Amandine.

En face d'elle, Mèl, les bras croisés, fait la moue. Elle est vexée. Chaque fois qu'Amandine la regarde, elle s'esclaffe de plus belle.

– C'est terminé ? demande Mèl après un moment. Je ne trouve pas cela drôle du tout.

Amandine met la main devant la bouche pour étouffer un nouvel éclat de rire et tente de recouvrer son sérieux.

– C'est tout de même cocasse, avoue-le, s'amuse-t-elle.

Mèl se renfrogne un peu plus.

– Comment pouvais-je savoir ? bougonne-t-elle. C'est facile pour toi. Tu es sur Terre depuis longtemps. Moi, je suis arrivée il y a cinq jours seulement.

– C'est vrai, admet Amandine en se ressaisissant. J'ai certainement fait des bourdes telles que celle-ci lorsque j'ai commencé.

– Ce n'était pas une bourde ! lance Mèl avec défi. Justement, je n'ai fait aucune erreur.

Cette fois-ci, Amandine redevient tout à fait sérieuse.

– Tu as raison et je suis très fière de toi, félicite-t-elle sa jeune protégée. Plus d'une novice aurait baissé la garde à cette occasion. Tu n'en as rien fait et c'est tout à ton honneur.

– Avoue tout de même qu'il y avait de quoi être troublée ! reprend Mèl sur un ton plus aimable.

– Je te l'accorde. Sur Terre le Samu est le Service d'aide médicale d'urgence. Il y a de quoi prêter à confusion.

– Et que fait-il, ce Samu ? interroge Mèl. J'ai l'impression qu'il empiète sur nos plates-bandes.

– Absolument pas ! s'exclame Amandine. Notre Samu est magique, celui-ci est médical. Or je te rappelle que toute fée que tu es, tu n'as pas le droit de jouer les médecins avec les personnes qui t'entourent. Le Samu terrestre intervient pour sauver des personnes dont la vie est en danger à cause d'un problème de santé. Le nôtre aide les personnes dans tous les domaines sauf celui de la santé !

La voix d'Amandine s'est perchée tout à coup. Mèl regarde la grande fée avec des yeux vagues.

– C'est bizarre, murmure-t-elle comme pour elle-même.

– Pardon ? demande Amandine qui n'a pas bien entendu.

– Je disais : c'est bizarre, répète Mèl.

– Qu'est-ce qui est bizarre ? Le Samu ?

– Mmm ! répond Mélusine en secouant la tête.

Amandine la dévisage sans comprendre.

– Aujourd'hui, je me suis aperçue que j'avais presque oublié mes réflexes de fée…

Les yeux d'Amandine se plissent légèrement. Elle écoute Mélusine avec une grande attention.

– J'aurais pu aider notre oisillon en faisant apparaître de la nourriture dans sa cage, mais je ne l'ai pas fait.

Amandine se tait toujours.

– Je ne l'ai pas fait non pas parce que tu aurais été en colère contre moi d'avoir utilisé une deuxième fois ma magie pour un oiseau.

Amandine sourit. Sa petite protégée comprend vite les choses.

– Non, je ne l'ai pas fait, poursuit Mélusine, parce que je n'y ai même pas pensé ! Tu te rends compte ! En temps ordinaire, cela me serait tout de suite venu à l'esprit. J'aurais même claqué des doigts sans même y réfléchir, comme par réflexe. Et cette fois-ci, rien !

Amandine observe la mine inquiète de Mélusine. Ses yeux verts immenses se sont assombris. Elle tord sa bouche si fine en une moue adorable. Quelle étrange petite fée elle fait !

– Est-ce que c'est grave ?

La question de Mélusine tire Amandine de sa rêverie.

– Est-ce que c'est grave ? répète Mélusine.

Amandine ne répond pas tout de suite. Pour être tout à fait honnête, elle ne sait pas trop bien comment réagir. Ce que vient de lui confier Mélusine est bon signe. Très bon signe même. Il est rare qu'une fée se sente aussi à l'aise dans le monde des humains après aussi peu de jours, au point d'en oublier presque qui elle est. Mais si Amandine avoue cela à Mèl, sa protégée pourrait croire la partie gagnée et relâcher sa vigilance. Pour rien au monde Amandine ne voudrait que cela arrive. Elle est persuadée que Mélusine est promise à une très belle carrière au sein du Samu. Elle sent que sa protégée sera heureuse dans cette branche et, cerise sur le gâteau, qu'elle rendra heureuses beaucoup de personnes autour d'elle.

– Méfie-toi, conseille-t-elle finalement. Si tu ne gardes pas sans cesse à l'esprit que tu es une fée, tu risques de faire de la magie sans y prêter attention. Comme ça, d'un claquement de doigts malvenu.

Mélusine hoche la tête. C'est bien ce qu'elle pensait. Elle n'est pas assez concentrée sur sa mission.

– Je vais me ressaisir, promet-elle. D'autant que je me demande si je n'ai pas aperçu la Fouine cet après-midi.

Les poils se hérissent sur les bras d'Amandine.

– Ce matin, dans la cour, un drôle de garçon nous écoutait en essayant de ne pas se faire remarquer, poursuit Mèl. Je lui ai trouvé une drôle de tête. Une tête de fouine à dire vrai. Crois-tu que la Fouine pourrait adopter l'aspect d'un garçon avec des petits yeux et un profil de fouine ? Ce ne serait pas très discret.

– Qui sait ? répond Amandine.

« Certaines fées ressemblent bien tellement à des fées… » pense-t-elle en regardant Mélusine.

## 18

# La Fouine ?

Chloé n'est pas en cours ce matin et Louise trépigne de ne pas avoir de nouvelles. Mèl aussi aimerait connaître la raison de cette absence. Si seulement elle pouvait se comporter comme n'importe quelle fée ! Il lui suffirait de se concentrer sur Chloé pour savoir immédiatement où elle se trouve et ce qu'elle fait en ce moment. Mais agir ainsi relève de la magie et Mèl n'a plus que deux tours en réserve. Si elle veut réussir sa mission, elle n'a pas le droit de les gaspiller.

– Tu crois que la grand-mère de Chloé ne va pas s'en sortir ? demande Louise au comble de l'inquiétude.

La question de Louise fait sursauter Mèl.

– Je ne sais pas, soupire-t-elle, impuissante. Et je déteste ne pas savoir ! s'énerve-t-elle.

De petites plaques rouges apparaissent sur le haut des joues de Mélusine, signe d'une agitation intérieure intense. Louise dévisage son amie avec un certain étonnement. Jusqu'alors, elle n'avait jamais rencontré quelqu'un comme Mélusine. Louise la trouve attachante et à la fois totalement imprévisible. Sa façon de disparaître en un éclair comme Cendrillon aux douze coups de minuit. Son vocabulaire si étonnant. Sa beauté si particulière. Mèl lui fait penser aux fées dessinées dans ses vieux livres de contes. C'est drôle d'ailleurs. Mélusine, n'est-ce pas le prénom d'une fée ? Ses parents ont eu du flair le jour où ils ont choisi de l'appeler ainsi.

Soudain les petites taches rouges de Mélusine s'estompent et la jeune fille retrouve un visage apaisé.

– N'est-ce pas aujourd'hui que nous devons aller au centre de soins pour y déposer notre oisillon ? demande-t-elle sans transition.

– Oui, répond Louise. Mais je ne suis pas sûre que cela soit nécessaire.

– Pourquoi ?

– J'ai l'impression que notre petit pensionnaire rêve de liberté, explique Louise. Ce matin, il battait des ailes, comme s'il voulait prendre son envol.

Mèl sourit.

– Voilà de bonnes nouvelles au moins, se réjouit-elle. Si seulement nous pouvions l'avoir sauvé !

Mèl s'arrête et laisse aller son regard sur la cour. Soudain, son visage se durcit. Elle vient de repérer l'étrange garçon à tête de fouine qui la fixe intensément. Elle détourne la tête.

– Encore lui ! grommelle-t-elle entre ses dents.

Louise a suivi le regard de son amie et repéré elle aussi le garçon qui les observe.

– Toujours à fureter partout, celui-là, remarque-t-elle.

– Comment s'appelle-t-il ? demande Mèl.

– Je ne sais pas. Il est arrivé il n'y a pas longtemps. Je n'ai pas l'impression qu'il se soit fait beaucoup d'amis.

– Avec cet air chafouin, ça ne m'étonne pas, constate Mèl.

– Chafouin ? s'étonne Louise.

– Fourbe, sournois, faux, explique Mèl, habituée désormais à reformuler certains de ses propos.

Louise sort son répertoire et note consciencieusement « chafouin » à la lettre C. Décidément, elle n'aura jamais autant découvert de mots nouveaux que depuis qu'elle côtoie Mèl. D'ailleurs, elle garde toujours avec elle son répertoire maintenant.

Mèl penche la tête pour faire tomber une longue mèche de cheveux devant son visage et observer discrètement le garçon en question. Sa ressemblance avec une fouine est frappante, trop sans doute pour qu'il puisse s'agir de la vraie Fouine.

- Par moments, tu soupçonneras tout le monde d'être la Fouine, l'avait prévenue Amandine. Et tu auras raison ! Qui sait si un jour elle ne se glissera pas dans la peau de ta meilleure amie. Ou même dans ma peau !

Le garçon, se sentant observé, détourne les yeux, se ravise puis se dirige droit sur Louise et Mèl.

– Qu'est-ce qu'il nous veut, celui-là ? marmonne Mèl.

Elle redresse la tête avec défi et braque son regard sur celui qui s'avance. Ce dernier perd de l'assurance à mesure qu'il approche. Lorsqu'il arrive enfin devant les deux filles, il est aussi rouge qu'un poivron et il n'ose pas lever les yeux vers Mèl qui le dévisage durement.

– Bon... Bonjour ! bégaye-t-il lamentablement.

– Salut ! lâche Louise sans aucune chaleur.

– Je... J'ai vu que vous aviez trouvé un oisillon.

Mèl sourit méchamment.

« Il est bien renseigné, le bougre ! » pense-t-elle.

– Peut-être, dit Louise.

– Eh bien, je... hésite le pauvre garçon auquel ni l'une ni l'autre n'est décidée à venir en aide.

« Il est pathétique ! » se dit Mélusine.

Le garçon prend son souffle et déballe d'une traite ce qu'il a à dire.

– Mon père est vétérinaire au centre de soins pour les oiseaux, révèle-t-il. Il peut vous aider si vous avez besoin.

« Comme par hasard ! » note Mèl avec froideur.

– C'est gentil, dit Louise. Mais nous avons déjà contacté le centre. Nous n'avons pas besoin de ton père.

– Ah ! souffle le garçon, déçu.

Louise semble déjà se désintéresser du garçon, mais Mélusine ne veut pas le laisser repartir sans lui avoir tiré les vers du nez.

– Comment t'appelles-tu ? demande-t-elle de but en blanc.

– Théo.

– Théo comment ? poursuit Mèl d'une voix neutre.

– Théo Carmagnac.

– Toi, tu n'es pas du coin, note Louise.

– Non, je suis du Sud-Ouest.

– Et qu'est-ce que tu viens faire ici ?

– Mon père vient de changer de poste. Il a été muté dans le centre de soins pour les oiseaux dont je viens de vous parler.

« Bel alibi, remarque Mèl. Je ne fais pas mieux. »

– Tu es en quelle classe ? demande Louise.

– En quatrième.

– Tu viens d'arriver ?

– Oui. En septembre.

Un long silence s'installe où chacun observe l'autre.

– Bon eh bien, merci, lance finalement Louise pour couper court à cette situation embarrassante.

Le garçon ne sachant plus trop quoi dire tourne les talons en bredouillant un vague :

– S'lut !

Mèl le regarde s'éloigner.

« Théo Carmagnac ! songe-t-elle. Nous allons vérifier très vite si tu dis vrai ! »

## 19

# Eurêka !

Il est 13 h 15. Louise et Mèl ont prévu de se retrouver vers 15 h 30 pour se rendre au centre de soins. Louise a un cours de danse le mercredi après-midi et elle ne peut pas se libérer avant. En attendant, Mèl décide de réfléchir à la façon dont elle pourrait venir à bout de sa mission. Il lui faut absolument trouver une solution, et vite. Si Mado fait une nouvelle crise, Chloé risque d'être séparée de sa grand-mère avant que Mèl ait pu agir. Et alors, il sera trop tard.

Comme toutes les fois où elle a besoin de réfléchir, Mèl cherche un coin de verdure. La verdure l'apaise et elle y trouve toujours une source d'inspiration. Elle espère bien que cette fois-ci il en sera de même.

Après avoir un peu exploré le quartier dans lequel elle a élu domicile avec Amandine, Mèl découvre un ravissant petit square coincé entre deux immeubles. Quelques bancs sont disposés autour d'une modeste pièce d'eau où s'ébattent des poissons rouges.

Mèl choisit un banc au soleil et se plonge dans la contemplation de l'eau qui clapote. Cela lui rappelle la fontaine du restaurant *Au Plat unique*.

Soudain, de nombreux battements d'ailes tirent Mèl de sa rêverie. Une nuée de pigeons fond sur le square où vient d'arriver une vieille femme, un sac rempli de croûtes de pain au poignet. Elle n'a toujours pas porté la main à ses quignons que déjà les oiseaux l'entourent comme s'ils savaient ce qui allait se passer.

– Petits ! Petits ! lance la vieille dame d'une voix fluette.

Ses appels sont inutiles, tous les oiseaux sont déjà au rendez-vous.

– Petits ! Petits ! continue de héler la femme comme si elle attendait quelque chose.

Alors, une mouette surgit dans le ciel et se pose au milieu des pigeons. La tache blanche qu'elle fait au milieu de la marée grise est saugrenue.

« Que fait cette mouette en pleine ville ? se demande Mèl. La mer est pourtant loin. »

À présent, tout le monde est là. La vieille dame plonge la main dans son sac et lance à la volée des miettes de pain et quelques gros morceaux que les plus voraces attrapent avant même qu'ils touchent le sol. Un concert de roucoulements satisfaits accompagne chacun des gestes de la femme.

Lorsque le sac est vide, les pigeons s'envolent un à un à la recherche d'un nouveau bienfaiteur. Seule la mouette reste un peu plus longtemps pour grappiller quelques miettes oubliées par-ci, par-là. Lorsqu'elle s'envole enfin, elle oblique au-dessus de la petite fontaine et passe au ras d'une jeune femme qui marche d'un pas pressé, son téléphone portable à la main. Effrayée, la jeune femme fait un pas en arrière pour éviter l'oiseau. Au même moment, un enfant déboule à vélo autour de la fontaine et manque la renverser. Grâce à l'oiseau, la jeune femme n'a pas poursuivi son chemin et l'accident n'a pas eu lieu. Le regard de Mélusine s'éclaire : elle tient son idée !

# 20

# On a frôlé la catastrophe

– Chloé !

Mèl s'élance au-devant de son amie qui arrive avec Louise.

– Alors ? demande-t-elle immédiatement. Comment va ta grand-mère ?

Chloé sourit tristement.

– Mieux ! rassure-t-elle. Elle est rentrée chez elle. Ce n'était qu'une fausse alerte. Lorsqu'elle a aperçu la photo que j'avais oubliée, elle a été prise de panique et n'a pas su comment s'en débarrasser. Elle avait peur de toucher la photo. Tu te rends compte !

Mèl réalise en effet à quel point la phobie de la grand-mère de Chloé est forte.

– Comme elle poussait des cris, les voisins ont alerté le Samu, poursuit Chloé. Ils sont habitués à ses crises maintenant. Au moindre dérapage, ils appellent. Ils disent que je ne peux pas rester chez elle.

La voix de Chloé se brise. Un sanglot monte dans sa gorge.

– Tout ça c'est à cause de moi ! murmure-t-elle.

Ses yeux se remplissent de larmes.

Mèl et Louise passent chacune un bras autour des épaules de leur amie.

– Si seulement je savais comment l'aider… souffle Chloé. Je déteste la voir perdre les pédales comme ça.

– Ne t'inquiète pas, la réconforte Mèl. Je suis sûre que ça va s'arranger.

Chloé hausse les épaules. Elle n'y croit pas.

– Et si on s'occupait de notre petit protégé pour nous changer les idées ? lance soudain Louise d'un air joyeux. Ce n'est pas tout ça, mais ça commence à être lourd.

Louise désigne du menton la cage qu'elle tient à bout de bras.

– J'ai tout pris, précise-t-elle. Les croquettes, l'affreuse boîte de vers de farine et même un reste de jaune d'œuf.

– Tu avais peur qu'ils n'aient pas ce qu'il faut au centre de soins ? demande Mèl d'un air amusé.

– Non, mais au moins ils pourront se rendre compte que nous avons fait les choses correctement, répond Louise. Regardez comme il a l'air de bien se porter.

Louise écarte un bout de papier journal de la cage. Pelotonné dans un coin, l'oisillon donne l'impression de s'être encore remplumé.

– C'est fou ce qu'il change ! constate Chloé qui ne peut s'empêcher de succomber au charme du petit animal.

– Que diriez-vous de monter un club ? lance Louise joyeusement.

– Un club ? répètent Mèl et Chloé en chœur.

– Oui, un club vétérinaire, précise Louise.

Ses deux amies se taisent, attendant qu'elle exprime un peu mieux le fond de sa pensée.

– Nous pourrions monter un club qui soigne les animaux, explique Louise. Les gens sauraient qu'ils peuvent s'adresser à nous s'ils trouvent un oiseau blessé, un chat abandonné ou n'importe quel autre animal.

– Et ? demande Mèl.

– Alors nous nous débrouillerons pour les aider et prodiguer des soins à toutes ces petites bêtes.

– Il existe des vétérinaires pour ça, des vrais, remarque Chloé.

– Je sais, répond Louise. Mais quand tu trouves un animal, tu ne te précipites pas toujours chez le vétérinaire. Ça coûte cher et puis, tu dois peut-être agir dans l'urgence.

– Soit, admet Mèl. Mais tu t'y connais, toi, en soins aux animaux ?

– Regarde ! Nous l'avons bien soigné, celui-là, s'enthousiasme Louise en montrant l'oisillon.

– Attends un peu de savoir si nous avons bien fait, tempère Chloé.

Louise boude.

– Ce que vous pouvez être rabat-joie !

Chloé réfléchit un instant puis relève la tête en souriant.

– C'est vrai que ton idée est sympa, avoue-t-elle. Ça me plaît.

– Allons ! pousse Louise, trop contente d'avoir convaincue son amie. Et toi, Mèl, tu marches avec nous ?

– Je marche ! lâche-t-elle avec gaieté. Après tout, pourquoi pas ?

– Je vous propose quelque chose, ajoute Chloé avec sagesse. Si l'oisillon s'en sort, nous montons notre club. Sinon, nous changerons de vocation.

– Tope là !

Les trois amies se tapent dans les paumes bruyamment et se pressent vers le centre de soins. Elles ont hâte de savoir si le petit oiseau est en forme.

# 21

# Au centre de soins

Le vétérinaire dévisage les trois filles par-dessus la monture de ses lunettes. Il examine l'oisillon depuis un moment déjà et se fait répéter pour la deuxième fois tout ce qu'elles ont mis en place pour entreprendre de le sauver.

– Vous savez que vous auriez dû le remettre dans son nid ? leur dit-il d'un air sévère.

Louise rougit violemment.

– Oui, répond-elle dans un souffle. Mais son nid était bien trop haut, avance-t-elle pour justifier ce qu'elles ont fait.

– Et nous étions dans une cour de récréation. C'était dangereux, renchérit Chloé. Il aurait pu se faire écraser.

Le vétérinaire ne répond pas. Il passe son doigt dans les plumes puis inspecte le bec de l'oisillon qui ouvre de petits yeux étonnés.

Les trois amies se regardent sans rien dire. La mine renfrognée de l'homme les inquiète.

Finalement, le vétérinaire pose délicatement l'oisillon sur la table d'examen. Le petit animal se met à sautiller avec énergie.

– Alors ? ose demander Mèl qui commence à trouver ce silence trop pesant.

– Alors je pense que vous avez fait du bon travail, lâche le vétérinaire en leur adressant enfin un sourire. Cet oiseau est en parfaite santé. Il me paraît même étonnamment vigoureux vu sa taille. Je n'ai jamais vu cela. Cela ne m'étonnerait pas qu'il prenne son envol très bientôt.

Chloé regarde Mèl et Louise avec un immense sourire plein de fierté.

– Le club ! chuchote-t-elle.

Mèl et Louise répondent à son sourire par un clin d'œil.

– Je vous félicite, mesdemoiselles, dit le vétérinaire. Vous venez de sauver un oiseau.

– Et que devons-nous faire maintenant ? demande Louise.

– Plus rien. Notre centre de soins va le prendre en charge. Nous allons continuer de le nourrir comme vous l'avez fait et nous le relâcherons dès qu'il saura voler.

– Nous pourrons appeler pour savoir comment il va ? s'inquiète Chloé.

– Bien entendu, répond le vétérinaire. Je vais enregistrer votre petit protégé dans notre fichier et lorsque vous appellerez, notre hôtesse d'accueil pourra vous donner de ses nouvelles très facilement.

Louise, Chloé et Mèl regardent l'oiseau avec un pincement au cœur. Elles vont devoir le quitter, mais aucune d'elles n'en a envie. Elles s'y sont attachées.

– Bon ! toussote le vétérinaire pour terminer l'entretien.

Les trois amies détachent leurs yeux du petit animal. Elles tournent les talons au prix d'un gros effort et se dirigent vers la porte. C'est alors que Mélusine se souvient de quelque chose. Elle se retourne vers le vétérinaire.

– Pardon, monsieur.

– Oui ?

– Connaissez-vous un monsieur Carmagnac qui travaille ici, au centre de soins ? demande Mèl après une hésitation.

– En effet, oui, répond le vétérinaire avec un étrange sourire. Pourquoi ?

– Quand est-il arrivé ici ? continue Mèl.

– Au début de l'année. Au mois de septembre. Vous lui voulez quelque chose ?

– Non, non, s'empresse de dire Mèl. C'était juste par curiosité.

– Son fils est dans notre école, précise Louise.

– Je m'en doutais, déclare le vétérinaire. Théo m'a parlé de vous…

– Vous ? Vous connaissez Théo ? se trouble Mèl.

– C'est mon fils ! s'exclame le vétérinaire. Il m'avait dit que trois filles de son école avaient trouvé un oiseau blessé. Il n'osait pas vous approcher pour vous proposer son aide. Théo est un grand timide ! Cela lui joue des tours.

Mèl observe monsieur Carmagnac avec curiosité. Il a les mêmes petits yeux rapprochés que son fils, mais elle ne l'avait pas remarqué à cause de ses lunettes.

– En fait, avoue-t-elle après un moment, Théo est bien venu nous proposer de l'aide mais nous avons refusé. Nous ne savions pas trop s'il nous disait la vérité.

– Je sais, dit le vétérinaire avec un sourire franc. Il me l'a raconté à l'heure du déjeuner. Vous savez, Théo est comme son père : il est plus habile avec les animaux qu'avec les humains !

Louise glousse discrètement tandis que Chloé assiste à la conversation sans savoir de quoi il retourne.

– Au revoir, mesdemoiselles, les congédie gentiment monsieur Carmagnac. Je dois aller visiter toutes les volières maintenant.

En passant devant Chloé, Louise lève le pouce.

– Ça, c'est top pour notre club !

# 22

# Vétérinaires en herbe

– Action vétérinaire ! propose Louise.

– Vétérinaires au grand cœur, soumet plutôt Chloé.

– Vétérinaire à l'écoute, renchérit Mèl.

Sur le chemin du retour, les trois amies discutent avec animation de leur club. Si elles sont d'accord sur le principe, elles ont du mal en revanche à s'entendre sur un nom.

– Véto j'écoute !

– SOS animaux !

– Au secours des animaux !

– Nos amies les bêtes ?

– Petits soins et gros câlins !

Chacune lance les idées qui lui passent par la tête.

– Vétérinaire sans frontières ?

– Les vétos du cœur !

– Les animaux et nous ?

– Cœur de véto ?

– Répète ! demandent Louise et Mèl en même temps.

Chloé répète l'idée qu'elle vient d'avoir :

– Cœur de véto ?

– Pas mal ! dit Mèl.

– C'est court, remarque Louise.

– Simple.

– Fort.

– Ça me plaît ! disent en chœur les trois amies.

– Cœur de véto, oui, s'écrie Louise avec excitation. C'est parfait !

# 23

# C'est du grand art

De retour chez elle, Mèl raconte à Amandine tout ce qui s'est passé aujourd'hui. La jeune femme se réjouit de voir sa protégée aussi à l'aise dans sa vie de collégienne. À un détail près.

– Tu sais que tu dois travailler aussi ? demande-t-elle après le récit animé de Mèl.

– Oui, oui, répond Mèl sans conviction.

Amandine fronce les sourcils.

– Je ne plaisante pas. Tu dois travailler. C'est le propre de toute collégienne.

Mèl se tait. Les devoirs, les leçons à apprendre, les cours à noter... Il y a bien longtemps qu'elle n'a plus fait cela. L'école n'est plus qu'un lointain souvenir pour elle et elle renâcle à y retourner. Pourquoi mademoiselle Brune l'a-t-elle envoyée dans un collège ? Elle aurait préféré un hôpital, tiens ! C'est parfait, un hôpital, pour s'occuper des autres et, en plus, elle aurait rêvé être médecin.

– Cornegidouille ! s'écrie-t-elle avec énervement.

Mèl s'empare de son sac de cours et s'enferme dans sa chambre. Si seulement elle pouvait utiliser un peu de magie pour faire ses exercices.

– N'y pense même pas ! lance Amandine à travers la porte.

Une heure plus tard, lorsque Mélusine sort de sa chambre, elle a retrouvé le sourire. Finalement, la rédaction de français n'était pas si terrible que ça. Elle s'est même amusée à prendre une écriture de fille de 12 ans. En s'appliquant, elle a remplacé tous les points sur les « i » par des petits ronds qui ressemblent à des bulles. Ses devoirs terminés, la jeune fée va pouvoir se consacrer à son projet pour la grand-mère de Chloé. Mais pour cela, elle a besoin de l'avis d'Amandine.

– Amandine ? appelle-t-elle.

– Je suis là ! répond la grande fée depuis le salon.

Perdue au milieu des cartons qui s'empilent dans la pièce, Amandine s'adonne à son passe-temps favori : la peinture. Elle a réussi à retrouver son matériel parmi le bazar du déménagement et a installé son chevalet.

– Crois-tu que la grand-mère de Chloé guérirait de sa phobie si un oiseau lui sauvait la vie ? demande Mèl à brûle-pourpoint.

Amandine relève les yeux de son tableau.

– Que veux-tu dire par là ?

– Aujourd'hui, j'ai vu une femme qui marchait dans un jardin, précise Mélusine. Elle était au téléphone et elle n'a pas vu un petit garçon à vélo qui fonçait vers elle. Heureusement, un oiseau est passé juste devant elle et l'a obligée à s'arrêter. Sans l'oiseau, la femme aurait continué son chemin et l'enfant lui aurait foncé dessus.

Amandine la regarde sans comprendre.

– Ce n'est pas beaucoup plus clair, excuse-moi, dit-elle.

– Si Mado marche dans la rue et qu'un oiseau la sauve d'un accident, crois-tu qu'elle se réconciliera avec les oiseaux et guérira de sa phobie ? explique Mèl.

Amandine secoue ses boucles pour signifier qu'elle a compris.

– C'est probable, répond-elle. Ce n'est pas garanti mais c'est possible. Tu as déjà pensé à quelque chose ?

Mèl hoche la tête. Elle a imaginé toute la scène :

– Mado s'apprête à traverser, raconte-t-elle. Une voiture arrive. Je bloque ses freins. J'envoie un oiseau sous le nez de Mado qui recule, horrifiée. La voiture passe en la frôlant. L'oiseau l'a sauvée !

Amandine fait la moue.

– Et la voiture ? demande-t-elle.

– La voiture ?

– Oui. Que fait-elle maintenant qu'elle a les freins bloqués ? remarque la grande fée. Elle fonce dans un mur ?

Mélusine lève les yeux au ciel.

– Bien sûr que non ! Je débloque ses freins juste après.

Amandine soupire. C'est bien ce qu'elle pensait.

– Seulement, c'est impossible, lâche-t-elle simplement.

– Pourquoi ?

– Bloquer les freins, envoyer un oiseau et débloquer les freins, cela fait trois tours. Et tu n'en as plus que deux !

Mélusine secoue la tête avec rage.

– Flûte !

Amandine regarde sa protégée avec compassion. Elle comprend sa déception.

– Ce n'était pourtant pas une mauvaise idée, admet-elle. Un peu dangereuse, certes, mais valable. Trouve autre chose qui lui ressemble, encourage-t-elle en retournant à sa toile.

Au comble de l'agacement, Mélusine fixe le tableau d'Amandine sans le voir. La grande fée semble danser, son pinceau à la main. Elle pose des taches vertes çà et là sur la toile. C'est la première fois que Mélusine assiste à une séance de peinture d'Amandine. Toute en exubérance, elle fait de grands gestes, agite ses boucles, avance, recule, prend la pose. C'est captivant ! Très vite, Mélusine en oublie ses soucis pour observer tout à loisir ce moment de théâtre. La règle numéro 1 lui revient spontanément en mémoire : ne jamais se faire remarquer. Plus elle côtoie Amandine et plus elle se demande comment cette dernière a pu intégrer le Samu. La discrétion semble tellement étrangère à ses principes.

– Qu'est-ce que c'est ? demande finalement Mélusine qui ne distingue rien de précis dans la constellation de taches vertes qui a envahi la toile. De l'art moderne ?

Amandine se retourne vivement et la fusille du regard. Sa chevelure exaltée lui donne l'allure d'un artiste fou. Mélusine sourit, un peu gênée.

– Je n'y connais rien en peinture, sais-tu ? s'excuse-t-elle.

– C'est bien ce que je vois, dit sèchement Amandine dont l'esprit créateur a été offensé. C'est un arbre !

– Un arbre ? répète Mélusine en ouvrant de grands yeux.

Amandine prend un air pincé, détourne la tête et retourne à sa toile.

– Un arbre au printemps, poursuit-elle comme pour elle-même. Au moment où les bourgeons éclatent en touches vert tendre au hasard des branches.

Mélusine reconnaît le vert, il est vrai. Mais de là à voir un arbre dans cet amas improbable de taches…

– Fais un effort d'imagination, voyons ! lui lance Amandine avec agacement.

Bonne joueuse, Mélusine plisse les yeux et fixe son attention sur le tableau. Il ne sera pas dit qu'elle n'aura pas essayé. Au début, elle ne voit toujours que des taches vertes posées au hasard sur la toile. Mais soudain, tout devient clair. L'arbre. La branche. L'oiseau ! La grand-mère !

– Merci ! Oh merci ! s'écrie Mélusine en se ruant sur Amandine pour l'embrasser. Tu es la plus grande artiste que j'aie jamais rencontrée.

Amandine chancelle sous le coup de la surprise, puis sourit fièrement.

– Tu dis ça pour me faire plaisir ? dit-elle avec une fausse modestie.

– Non ! Vraiment non ! confirme Mélusine. C'est le plus formidable tableau que j'aie jamais vu. Le plus bel arbre du monde !

Puis, sans perdre une minute, Mélusine quitte le salon pour retourner dans sa chambre. Elle a trouvé son idée. Reste à convaincre Chloé.

# 24

# Bonnes nouvelles

Dans la cour du collège, Théo guette Louise, Chloé et Mèl. Posté derrière un poteau du préau, il observe les élèves qui arrivent et se regroupent en petits groupes bruissant de bavardages. Théo soupire. Si seulement il avait quelques amis, lui aussi. Il pourrait les rejoindre, rire et discuter avec eux le plus naturellement du monde. Mais Théo est beaucoup trop timide. Il se contente d'observer tout le monde en espérant trouver un jour une brèche pour engager la conversation. C'est ce qui est arrivé avec Mèl, Chloé et Louise. Comme Chloé, Théo a vu tomber l'oisillon de son nid. Il lui serait bien venu en aide mais Chloé avait été plus rapide que lui. Il était donc resté en retrait, observant du coin de l'œil les gestes maladroits de la collégienne, puis l'arrivée des deux autres filles.

Hier, après deux jours passés à les espionner, le jeune garçon s'était enfin résolu à les aborder. Il en manquait une dans le groupe, mais ce n'était pas important. Il fallait absolument qu'il leur parle pour leur dire qu'il était capable de les aider. Ce fut un vrai fiasco ! La plus petite avec les cheveux roux l'avait considéré avec mépris et suspicion tandis que l'autre, plus grande, l'avait envoyé sur les roses avec sa proposition. Pourtant son père aurait vraiment pu les aider. Il travaillait réellement au centre de soins pour oiseaux. D'ailleurs aujourd'hui, c'était lui qui lui avait demandé d'attendre les trois filles. Il avait une lettre à leur faire parvenir.

Louise apparaît enfin à la porte du collège. Elle salue des amis d'un petit geste de la main distrait et cherche des yeux quelqu'un parmi les collégiens. Son regard effleure Théo à peine une seconde. Il n'a même pas le temps de lever la main pour lui faire signe. Juste après elle, Chloé arrive à son tour. Théo sourit malgré lui. Celle-ci lui plaît beaucoup. Elle a l'air très douce et beaucoup moins sûre d'elle que son amie. À elle, il oserait plus facilement remettre la lettre de son père, même si elle ne sait pas qui il est puisqu'elle n'était pas là la dernière fois.

La cloche sonne. La dernière du groupe n'est toujours pas arrivée. Tous les élèves se dirigent vers leur classe d'un pas nonchalant tout en continuant de bavarder. Louise et Chloé marchent, la tête toujours tournée vers le portail d'entrée du collège. Personne ! Juste avant d'entrer dans leur salle de cours, elles jettent un dernier regard vers la rue. Mèl n'est toujours pas là.

Théo doit rentrer lui aussi lorsqu'il voit arriver une boule de cheveux roux qui traverse la cour telle une tornade. Mèl ne s'est pas réveillée. Elle a mis en place son plan toute la nuit et n'a trouvé le sommeil qu'au petit matin, deux heures avant que son réveil sonne. Alors son réveil a sonné, sonné, sonné, puis il s'est arrêté. C'est Amandine qui a réveillé la jeune fée en hâte quand elle s'est aperçue qu'elle n'était pas encore debout.

Mèl passe devant Théo sans même le remarquer. Elle a enfilé son pull à l'envers, a fourré tout ce qu'elle trouvait dans son sac et attrapé une tartine de pain. Heureusement qu'elle habite tout près ! Dans sa course folle, Mèl se parle à elle toute seule.

– Ne jamais se faire remarquer ! Ne jamais se faire remarquer !

« Bizarre, se dit Théo. Cette fille est vraiment étrange. »

Deux heures plus tard, à l'heure de la récréation du matin, Louise et Chloé retrouvent Mèl qui fait une drôle de tête.

– Ça ne va pas ? s'inquiète Chloé.

– Je ne me suis pas réveillée ce matin ! avoue Mèl avec une moue.

Chloé pouffe.

– Ça explique ta coiffure !

– Qu'est-ce que j'ai ? demande Mèl en se passant la main dans les cheveux.

– Presque rien, répond Louise, les yeux rieurs.

– Quoi ? Quoi ? s'énerve Mèl.

– Devant ce n'est pas trop mal mais derrière, on dirait que tu t'es battue avec ton oreiller, décrit Chloé.

Mèl tâte l'arrière de sa tête. Ses cheveux forment comme une grosse boule de nœuds informe. Elle tente d'aplatir le tout avec la paume de sa main. Le résultat est mitigé. Il lui faudrait un bon démêlant et une brosse à picots pour que tout rentre dans l'ordre. Un peu vexée, Mèl change de sujet :

– Comment va ta grand-mère, Chloé ? demande-t-elle.

– Ça va mieux, répond Chloé.

– Je peux venir lui faire une petite visite ?

Chloé ne cache pas sa surprise.

– Pourquoi ?

– Je me sens un peu responsable de ce qui lui est arrivé, moi aussi, improvise Mèl. Ça me plairait beaucoup de faire sa connaissance.

Chloé hausse les épaules, fataliste.

– Tu sais, dit-elle, ce ne sera pas très intéressant. Étant donné ce qui vient d'arriver, je sais d'avance comment ça va se passer. Mado va te servir sa grande tirade sur les oiseaux et toute autre conversation sera impossible.

– Et alors ? lance Mèl. Si je suis prévenue, ça ne m'embête pas.

Chloé se laisse persuader.

– Si tu veux vraiment venir…

En réalité, elle est plutôt heureuse de la proposition de Mèl. La simple idée de se retrouver seule toute la fin de journée avec Mado au lendemain d'une crise de panique la terrifie un peu. Sa grand-mère aura-t-elle toute sa tête ?

Mélusine regarde Chloé. Elle a marqué un premier point. Reste le deuxième.

– On pourrait aller se promener avec elle, propose-t-elle en croisant les doigts. Ça lui fera du bien de ne pas rester enfermée.

– Avec tous les pigeons qu'il y a partout ? s'exclame Chloé. N'y pense même pas !

Mélusine fait la grimace. Elle s'attendait à cette réaction. Elle sort alors l'argument qu'elle a préparé toute la nuit.

– Quand j'étais petite, commence-t-elle, j'ai fait une violente chute de cheval. J'ai eu si peur que je ne voulais plus en approcher un. C'était hors de question. Dès que quelqu'un voulait me mettre en contact avec un cheval, j'entrais dans une sorte de transe, continue Mèl. Un jour, ma tante en a eu assez. Elle a voulu soigner le mal par le mal. On dit toujours que quelqu'un qui est tombé de cheval doit rapidement remonter dessus s'il ne veut pas en garder un très mauvais souvenir. Amandine m'a donc forcée à me remettre en selle. Ça a été horrible ! J'ai hurlé et je me suis débattue, mais elle a tenu bon avec patience et autorité.

Chloé écoute Mèl avec attention.

– Et ? demande-t-elle.

– Et depuis, je n'ai plus peur ! conclut Mèl.

La jeune fée est contente de son petit discours. Elle n'a jamais posé les fesses sur un cheval, mais tout ce qu'elle vient de raconter a des accents de vérité. Elle espère que Chloé se laissera convaincre.

– On pourrait essayer avec ta grand-mère ? suggère-t-elle avec précaution.

Chloé secoue la tête.

– Ça ne marchera pas !

– Pourquoi ?

– Mado a trop peur.

– Justement !

– Essaie !

La voix de Louise est tombée comme un couperet au milieu de la conversation. Mèl et Chloé la regardent, étonnées.

– Essaie ! répète Louise d'une voix autoritaire.

– Mais... intervient Chloé.

– Qu'est-ce que tu perds à essayer ? lui demande Louise sur un ton un peu plus doux. Au pire, ta grand-mère paniquera une fois de plus. Et après ? Ce ne sera pas la première fois.

Chloé hésite encore.

– Vous croyez vraiment ?

Mélusine craint soudain d'avoir donné trop d'espoir à son amie. Pour peu que son plan ne fonctionne pas, elle s'en voudra longtemps.

– En tout cas, ça peut marcher ! tempère-t-elle.

– D'accord, lâche finalement Chloé. Nous irons après les cours. Mais je ne te garantis pas qu'elle accepte de sortir, prévient-elle.

– Je viens avec vous ! lance Louise avec bonne humeur. Je ne veux pas rater ce grand moment.

– Hum ! Hum !

Quelqu'un toussote dans le dos des filles. Chloé se retourne et sourit au garçon qui s'est approché.

– Salut ! dit-elle.

– Bonjour, répond-il timidement.

– Ah ! l'apostrophe Mèl avec un certain dédain. Théo Carmagnac !

Chloé sourit franchement.

– C'est toi, Théo ? dit-elle. Je ne t'imaginais pas comme ça.

Théo rougit violemment. Pour retrouver une certaine contenance, il glisse la main dans la poche de son jean et attrape la lettre de son père.

– Mon père m'a donné ça pour vous ! déclare-t-il.

– Merci ! dit Louise en attrapant la lettre.

– Qu'est-ce que c'est ? demande Mèl.

– Une facture sans doute, s'inquiète Chloé.

– Oh non ! la rassure Théo. Ce sont des nouvelles de votre oiseau.

Oubliant instantanément sa présence, les trois amies se penchent sur la lettre. Louise la décachette fébrilement et la lit en silence.

– Il va bien ! s'écrie-t-elle, victorieuse. Les filles, nous avons réussi ! Monsieur Carmagnac nous félicite ! Notre oiseau a pris son envol hier soir, juste après notre départ ! Monsieur Carmagnac n'en revient pas. Il n'a vraiment jamais vu cela. « On dirait qu'il vous a suivies », nous écrit-il.

# 25

# Théo Carmagnac

Le soir après les cours, sur le chemin de l'appartement de Mado, la conversation va bon train entre les trois amies.

– Qu'est-ce qu'il vous a fait ? demande Chloé.

– Il fouine ! répond Mèl. Je déteste ça.

– Sa tête ne me revient pas, renchérit Louise. Il ne me paraît pas franc.

– Il est timide, c'est tout, défend Chloé. Vous avez entendu comme moi ce que son père a dit de lui.

Chloé ne comprend pas l'attitude de ses amies. Ce matin, à la récréation, elles ont renvoyé Théo sans aucune gentillesse après qu'il leur a donné la lettre de son père. Elle se tourne vers Louise.

– Hier après-midi, pourtant, tu avais l'air plutôt contente d'apprendre que son père était vétérinaire, lui fait-elle remarquer. Tu pensais sans doute qu'il pourrait nous aider pour notre club.

Louise ne dit rien. Chloé a raison. Hier, elle s'était tout de suite imaginé faire de monsieur Carmagnac le vétérinaire de référence pour leur club. Elle voulait bien de monsieur Carmagnac, mais pas de son fils.

– Et alors ? demande-t-elle. Rien ne nous empêche de demander conseil à monsieur Carmagnac sans passer par Théo.

– Ça, c'est un peu facile ! constate Chloé.

Louise plisse le nez.

– Chloé au grand cœur ! murmure-t-elle.

– Et Louise sans cœur ! riposte Chloé. Moi, si j'étais monsieur Carmagnac et que je savais comment nous traitons Théo au collège, je ne nous donnerais pas le plus petit coup de main !

– Chloé a raison, remarque Mèl qui n'aime pourtant pas trop reconnaître ses torts.

Louise se mord la lèvre. Il est certain que l'aide de monsieur Carmagnac serait précieuse pour leur club.

– Bon, lâche-t-elle après un long silence. J'essaierai d'être plus gentille la prochaine fois.

Chloé sourit, heureuse de sa petite victoire.

– Mais rien ne m'empêchera de penser que sa tête ne me revient pas, ajoute Louise pour ne pas perdre la face.

Mèl marche, rêveuse, auprès de ses deux amies.

« Pourvu que ça marche ! » pense-t-elle en apercevant l'immeuble de la grand-mère de Chloé.

À quelques mètres de là, un petit oiseau aux plumes tachetées s'est posé sur un lampadaire. Il fixe les trois amies de son œil perçant.

# 26

# L'expédition

Mado marche d'un pas mal assuré, soutenue par Chloé et Louise de chaque côté. La vieille dame regarde autour d'elle avec appréhension. Dès que son regard croise la silhouette d'un oiseau dans le ciel, Chloé, qui la tient par le bras, la sent qui se crispe imperceptiblement.

– Ça va aller, la calme-t-elle d'une voix douce. Une promenade te fera le plus grand bien.

Mado opine de la tête mais Chloé sent bien qu'elle fait un effort surhumain pour ne pas céder une nouvelle fois à la panique. Néanmoins, elle a promis à sa petite-fille qu'elle sortirait et essaierait de lutter contre sa phobie. Et Mado tient toujours ses promesses.

Il n'a pas été facile de la persuader de mettre le nez dehors. Au début, c'était même plutôt mal parti. Mado s'obstinait dans son refus et ne voulait rien entendre. Il fallut les larmes de sa petite-fille pour la résoudre à accepter. Chloé avait effectivement craqué. L'entêtement de sa grand-mère l'avait désespérée.

Mado ne se rendit pas compte tout de suite que Chloé pleurait. Sa petite-fille s'efforçait d'effacer au plus vite, avec le dos de sa main, les larmes qui perlaient à ses yeux. Mais quand Mado se lança dans une nouvelle tirade sur les volatiles, les larmes débordèrent et Chloé ne fut plus en mesure de les retenir. Mado s'arrêta au milieu d'une phrase, bouleversée.

– Tu pleures ? demanda-t-elle finalement.

Chloé se mordit la lèvre pour étouffer un sanglot.

– Mais pourquoi pleures-tu, ma chérie ? s'inquiéta immédiatement sa grand-mère.

– À cause de toi, avoua Chloé dans un souffle.

– De moi ?

L'étonnement de Mado était réel. Mèl et Louise n'en revenaient pas.

– Mais pourquoi ? interrogea Mado. Ai-je fait quelque chose de mal ?

Alors Chloé parla. Elle parla sans s'arrêter pendant près de vingt minutes. Elle dit sa souffrance de voir sa grand-mère devenir à moitié folle à cause des oiseaux, sa tristesse de découvrir qu'elle n'avait presque plus d'amis à cause de sa phobie, son angoisse de la voir vieillir totalement seule mais aussi son exaspération à entendre toujours le même discours alarmiste. Elle lui confia surtout sa peur de devoir partir vivre dans une famille d'accueil, totalement coupée du peu de famille qui lui restait en France.

– Les oiseaux ne sont pas tous infectés, Mado ! hurla Chloé plusieurs fois. Tu comprends ! Les oiseaux ne sont pas tous infectés !

Mado écouta sa petite-fille en silence. Son visage ridé devenait plus triste à mesure que Chloé lui parlait. Et puis soudain, la vieille dame se redressa et dit :

– Allons-y !

Chloé la regarda à travers ses larmes et sourit timidement.

– Allons-y ! répéta Mado avec une gaieté un peu forcée. Et mouche-moi ce nez, ajouta-t-elle en regardant sa petite-fille. Tu ne vas pas sortir avec cette tête d'enterrement.

L'étrange petit groupe progresse doucement dans la rue. On dirait que le temps est suspendu. Chloé guette la moindre des réactions de sa grand-mère tandis que Mèl reste silencieuse, à son côté, le front soucieux. Elle ne cesse de répéter le déroulement des événements à suivre. Seule Louise paraît parfaitement détendue. Elle entretient la conversation avec la grand-mère de Chloé sur un ton aimable et désinvolte. Chloé regarde avec chaleur son amie. Elle lui est reconnaissante de changer ainsi les idées de Mado. Grâce à Louise et à son bavardage, la vieille dame se détend peu à peu.

– Nous y sommes presque, annonce soudain Mèl. Vous verrez, c'est charmant.

Au détour d'un immeuble en effet, la petite troupe arrive devant le minuscule square que Mèl a découvert la veille. À cette heure-ci, la dame aux oiseaux est sans doute déjà passée et il n'y aura plus l'ombre d'un pigeon à l'horizon avant son intervention. Du moins, c'est ce que Mèl espère. Elle a décidé de courir le risque. Elle a besoin d'arbres pour réussir son tour et l'endroit lui paraît idéal pour cela.

En pénétrant dans le jardin, Mèl pousse un soupir de soulagement. Il n'y a pas d'oiseaux. L'endroit est extrêmement paisible. On n'entend que le petit gazouillis de la fontaine dont l'eau retombe en fines gouttelettes.

Mado sourit en apercevant la petite pièce d'eau.

– J'adore les fontaines, déclare-t-elle. Mon mari m'a parlé pour la première fois près d'une fontaine, ajoute-t-elle, rêveuse.

– Tu veux t'asseoir ? lui demande Chloé.

– Volontiers, répond Mado. Nous continuerons à pied un peu après. Cette promenade me fait du bien, tu avais raison. Et ton amie est charmante.

Ce faisant, Mado lance un immense sourire à Louise qui rosit de plaisir. Elle prend son rôle de garde-malade très à cœur.

– Vous, en revanche, vous n'êtes pas très bavarde, dit-elle en s'adressant à Mèl. Oh, je ne vous en veux pas ! Vous aviez sans doute mieux à faire que de venir promener la vieille foldingue.

– Mado ! s'offusque Chloé.

– Pardonnez-moi, madame, s'excuse Mèl avec une extrême politesse. J'étais plongée dans mes pensées. Mais croyez bien que je ne m'ennuie pas du tout en votre compagnie. C'est même moi qui ai proposé à Chloé de l'accompagner.

Mado regarde Chloé d'un air interrogateur. Chloé hoche la tête pour confirmer ce que vient de dire Mélusine.

– Ça alors ! s'étonne la vieille dame. Et quel intérêt trouviez-vous à venir me voir ?

Mèl baisse la tête imperceptiblement, un peu gênée.

– Chloé m'avait parlé de vous, improvise-t-elle. J'ai eu envie de vous rencontrer. Je n'ai jamais connu ma grand-mère...

– Oh vous savez, les grands-mères peuvent être source de bien des tourments... dit la vieille dame avec mélancolie.

– Mado ! la reprend Chloé une nouvelle fois. Je n'aime pas quand tu dis ça. On dirait que tu veux mourir !

Mado se redresse avec énergie.

– Mais que me chantes-tu là ? Mourir, moi ! Tu n'y penses pas ! J'ai encore tant de choses à faire. Ce n'est pas du tout dans mes intentions, rassure-toi.

Chloé sourit franchement. Sa grand-mère retrouve sa bonne humeur. C'est bon signe. Mèl a bien fait d'insister pour qu'elles aillent se promener.

Assise à côté de Mado, Mélusine a bien du mal à s'intéresser à la conversation. Elle repère du coin de l'œil les arbres du jardin pour découvrir lequel fera l'affaire. Mais tandis que son regard erre çà et là, elle aperçoit soudain un petit oiseau moucheté qui s'approche en sautillant. Elle sursaute. Chloé assise à son côté dévisage son amie avec étonnement, puis regarde dans la même direction qu'elle. Elle découvre l'oisillon et le reconnaît aussitôt. Son visage s'éclaire tout à coup.

– Il nous a suivies ! s'écrie-t-elle avec joie.

– Que dis-tu ? demande soudain Mado qui n'a pas bien entendu.

La voix de Mado, dans son dos, fait l'effet d'une douche froide à Chloé. Il ne faut absolument pas que sa grand-mère voie le petit oiseau.

– Rien ! Rien ! lance-t-elle d'une voix forte.

La panique se lit sur le visage de Chloé tandis que l'oisillon sautille toujours dans leur direction. Louise l'aperçoit à son tour, sourit puis réalise l'urgence de la situation. Elle se penche de son mieux pour tenter d'empêcher Mado de voir l'oiseau qui s'approche encore. Chloé, de son côté, agite les jambes dans l'espoir de chasser l'oisillon qui continue pourtant d'approcher.

Soudain, il bat ses ailes minuscules, sautille une dernière fois, s'envole et vient se poser sur les genoux de Chloé.

## 27

# Et de deux !

Tout va très vite. Mélusine n'a pas le choix. D'un claquement de doigts, elle trouble la vue de Mado l'espace de quelques secondes puis chasse l'oisillon d'un revers de la main. Mado n'a rien vu.

Chloé respire mieux. Louise soupire de soulagement. Mélusine, en revanche, se mord la joue : tout son plan tombe à l'eau. Il ne lui reste plus qu'un seul tour.

# 28

# Le moment ou jamais

– Si nous marchions un peu, dit soudain Mado. Vous m'avez tout l'air de manquer un peu d'exercice, note-t-elle en voyant le visage si pâle de Mèl.

Mélusine hoche la tête et se lève mécaniquement.

Louise et Chloé encadrent Mado comme deux sentinelles. Mèl marche en arrière, un peu en retrait. Elles regardent à droite et à gauche, craignant de voir ressurgir l'oisillon à tout moment. Mado, qui ne s'est aperçue de rien, continue de bavarder gaiement.

– Que faites-vous au collège ? interroge-t-elle Louise avec intérêt.

– Oh rien de très original, avoue Louise.

Louise pense alors à quelque chose et poursuit, en faisant un clin d'œil à Chloé.

– Nous avons monté un club vétérinaire.

Chloé ouvre de grands yeux horrifiés, mais le sourire de Louise se veut rassurant.

– Nous avons trouvé un animal dans la cour et nous l'avons soigné.

Chloé s'arrête et déglutit bruyamment.

– Quel animal ? demande Mado, très intéressée.

Louise hésite un instant, réfléchit puis lâche :

– Un chat. Un chaton plutôt. Il était tombé d'un arbre.

Louise réinvente alors tout le sauvetage de l'oisillon en le remplaçant par un chaton. En l'écoutant, on pourrait croire que tout est vrai. Bien vite, Chloé ajoute ses propres commentaires pour amuser Mado. Toutes les trois sont si passionnées par le récit qu'aucune ne remarque l'oisillon qui volette de nouveau non loin d'elles. Et soudain, alors qu'elles s'engagent dans la petite allée d'arbres, l'animal pique droit sur Mado et lui passe au ras de la figure en la frôlant du bout de l'aile. La vieille dame pousse un hurlement effroyable et bondit en arrière avec une agilité que personne ne lui aurait jamais soupçonnée. Tirée de ses réflexions par le cri, Mèl se ressaisit aussitôt, jauge la situation du regard et se décide. C'est le moment ou jamais. Elle doit jouer le tout pour le tout. Sans prendre le temps de réfléchir davantage, elle ferme les yeux et claque des doigts pour la seconde fois en quelques minutes.

Un terrible craquement retentit alors au-dessus des têtes de Louise, Chloé et sa grand-mère. Une seconde plus tard à peine, une énorme branche d'arbre s'abat sur le sol, à quelques centimètres seulement des trois promeneuses.

# 29

# Merci l'oiseau !

Lorsque Mèl rouvre les yeux, elle est incapable de dire si tout s'est bien passé.

Toute tremblante, hagarde, Mado regarde devant elle en gardant la main sur la poitrine. Son cœur bat avec une telle violence qu'elle se demande s'il ne va pas éclater. À son côté, Chloé est tétanisée. Ses jambes lui paraissent être en plomb. Elle garde les yeux fixés sur la branche à terre, mais sans vraiment la voir. Louise, quant à elle, est pétrifiée. Un cri d'horreur s'est arrêté dans sa gorge et elle garde la bouche grande ouverte sans qu'aucun son en sorte. Toutes les trois ont une mine effrayante et Mèl se demande si elle n'y est pas allée un peu fort.

Un homme en costume cravate se précipite vers Mado et les deux filles.

– Vous allez bien ? leur demande-t-il, très inquiet.

Mado hoche doucement la tête. Chloé tourne les yeux vers lui et tente de sourire. Louise referme la bouche.

– Venez, madame, dit aimablement l'homme en attrapant Mado sous le coude. Venez vous asseoir.

La vieille dame le suit comme un automate et s'affale sur un banc, au bord de l'allée. Louise et Chloé la rejoignent. Mèl s'approche d'elles, soudain très inquiète.

– Ça va ? demande-t-elle.

Chloé et Louise reprennent peu à peu des couleurs. Chloé hoche la tête.

– J'ai eu si peur ! s'exclame Mèl en tentant de jouer la comédie.

– Et moi donc, renchérit le monsieur. Vous avez eu une chance folle, ajoute-t-il. Sans cet oiseau, la branche vous écrasait toutes les trois.

Mèl sourit imperceptiblement. C'est ce qu'elle espérait entendre.

Un petit groupe de curieux s'est approché. Ils regardent la branche puis la cime de l'arbre en commentant l'événement.

– C'est à peine croyable !

– La branche s'est décrochée comme ça !

– Elle n'est pourtant pas morte.

– Elle aura été fragilisée lors de la dernière tempête.

– Cela n'a rien de très rassurant.

Les têtes se tournent maintenant vers le banc où sont assises Louise, Chloé et sa grand-mère.

– Vous vous rendez compte !

– Heureusement que cet oiseau a piqué sur la vieille dame, sinon…

– Quelle horreur ! chuchote une femme en frissonnant.

– Un miracle ! C'est un vrai miracle ! Sans cet oiseau !

Sur le banc, Mado recouvre ses esprits et regarde l'énorme branche écrasée sur le sol. Il s'en est fallu de très peu qu'elle ne leur tombe dessus.

– Ma chérie, dit-elle enfin à Chloé. Je crois que je l'ai échappé belle.

– Je sais, murmure Chloé encore très secouée.

Mado se tait un long moment encore puis poursuit comme pour elle-même.

– Quelle ironie du sort ! Je dois la vie sauve à un oiseau. S'il ne m'avait pas frôlée et si je n'avais pas reculé, je ne serais plus là pour en parler avec vous.

Elle regarde Louise et Chloé l'une après l'autre.

– Nous ne serions plus là, réalise-t-elle tout à coup. Oh mon Dieu !

Mèl guette la moindre réaction de la vieille dame, mais c'est Louise qui provoque la surprise.

– L'oiseau, prononce-t-elle enfin. L'oiseau. Vous avez vu l'oiseau !

Chloé ouvre de grands yeux suppliants pour demander à son amie de se taire. Curieusement, Mado ne réagit pas.

Cette fois-ci, Louise se tourne franchement vers Chloé.

– Non mais, tu as vu l'oiseau ! s'écrie-t-elle comme si elle venait d'avoir une révélation.

Chloé toussote, un peu embarrassée. Louise s'adresse alors à Mèl.

– Tu étais derrière nous, Mèl, l'interpelle-t-elle. Tu as pu voir l'oiseau.

– Oui, répond Mèl sans comprendre.

Mado pose une main apaisante sur le bras de Louise.

– Je l'ai vu, moi, votre oiseau, lui dit-elle calmement.

Chloé dévisage sa grand-mère, abasourdie. D'où lui vient cette subite sérénité pour parler des oiseaux ? Mèl serre les poings de joie.

– Je l'ai vu, votre oiseau, répète Mado avec calme. Et alors ?

– Comment était-il ? lui demande Louise, contente que quelqu'un l'écoute enfin.

– Petit, décrit Mado.

– Et moucheté non ? complète Louise, le regard plein d'espoir.

La vieille dame ne répond pas tout de suite. Elle ferme les yeux pour tenter de revoir la scène. Un frisson la parcourt.

– Vous avez peut-être raison, dit-elle finalement. En tout cas, il ne ressemblait pas à un pigeon.

Louise se lève du banc d'un bond. Son air est triomphant.

– C'était notre oiseau ! J'en suis sûre ! C'était notre oiseau !

Frappée par la surprise, Chloé réagit avec un temps de retard.

– Notre oiseau, à nous ? répète-t-elle comme pour se convaincre.

– Oui ! s'exclame Louise. Tu te rends compte !

Louise prend les mains de Chloé avec excitation. Elle invite Mèl à les rejoindre.

– Nous lui avons sauvé la vie, alors il nous a rendu la pareille.

Le regard de Chloé s'éclaire tout à coup.

– Ça y est, je me souviens, lance-t-elle. Oui, il était légèrement moucheté !

Les trois amies bondissent de joie. Même Mèl se laisse gagner par l'enthousiasme de ses amies. Elle pensait que leur oiseau avait tout fait échouer mais, en définitive, il s'était trouvé au bon endroit au bon moment. Il ne lui restait qu'un seul tour de magie mais elle avait finalement fait exactement ce qu'elle avait prévu. Cet oiseau était providentiel. Grâce à lui, elle avait rempli sa mission tandis qu'elle croyait tout perdu à peine quelques minutes plus tôt.

Mado ne comprend pas vraiment ce qui se passe, mais elle sourit. Elle a retrouvé ses couleurs elle aussi et une petite lueur s'est allumée dans son regard. Mélusine regarde la vieille dame avec fierté et s'avance pour l'embrasser. Mais, au même moment, la porte du petit jardin s'ouvre en grinçant. Mèl lève les yeux et se fige. Mademoiselle Brune se dirige droit sur elle.

# 30

# C'est un échec !

La directrice du Samu salue rapidement Louise, Chloé et sa grand-mère et entraîne Mélusine à l'écart, sous l'œil étonné de ses amies.

– Vous devez rentrer de toute urgence ! lui lance-t-elle sans ménagement.

– Mais...

– Ne discutez pas ! Vous n'avez plus que deux heures devant vous si vous voulez sauver votre peau.

– Mais Mado... tente de se justifier Mèl. Elle va aller mieux.

Mademoiselle Brune hoche la tête tristement.

– Je sais et sur ce point vous avez brillamment réussi. Néanmoins, ses voisins viennent de poster une lettre aux services sociaux demandant que sa petite-fille lui soit retirée.

– Ils n'ont pas le droit ! hurle Mélusine.

Mademoiselle Brune baisse la tête.

– Ils l'ont pourtant fait. Si seulement vous aviez encore eu un tour de magie...

Mélusine réfléchit à toute vitesse. Si mademoiselle Brune dit vrai, il ne lui reste plus que deux heures pour trouver un Point de retour d'urgence et regagner la petite communauté des fées. C'est très peu mais elle doit tenter une dernière chose pour sauver Chloé. Et tant pis si elle doit rester sur Terre. Elle ne supportera pas l'idée de retourner chez elle en sachant son amie séparée de sa grand-mère.

– Où ? demande-t-elle à mademoiselle Brune.

La directrice du Samu la regarde sans comprendre.

– Où ont-ils posté la lettre ? répète-t-elle.

– Au coin de leur rue, répond spontanément mademoiselle Brune.

– Je dois empêcher cette lettre de partir ! lance Mélusine en se mettant à courir.

– Vous n'y pensez pas ! hurle mademoiselle Brune à la jeune fille qui pousse déjà la porte du jardin. Vous n'avez que deux heures pour trouver un PRU et la Fouine est à vos trousses !

Mais déjà Mélusine ne l'entend plus.

# 31

# À bout de forces

Dissimulée dans le recoin d'une porte cochère, Mélusine guette du coin de l'œil la boîte aux lettres à quelques pas d'elle. La jeune fée a toutes les peines du monde à rester debout sur ses jambes. Plus le temps passe et plus elle se sent faible.

« C'est donc cela que l'on ressent lorsque l'on perd ses pouvoirs », se dit-elle en luttant de toutes ses forces pour garder son énergie.

Cela fait plus d'une heure et demie que Mélusine attend le passage de la camionnette de la Poste qui doit venir relever le courrier. L'horaire inscrit sur la boîte indique que la levée est faite à 18 heures et il est déjà 18 h 10. Dans vingt minutes, si Mélusine n'a pas récupéré la lettre des voisins de Mado, sa mission aura définitivement échoué et elle sera vouée à rester toute sa vie sur Terre. La jeune fée a bien conscience qu'elle n'a plus du tout la force de rejoindre un PRU à l'heure qu'il est.

Soudain, alors qu'elle n'y croit plus, une camionnette jaune s'engage dans la rue et vient s'arrêter devant la boîte aux lettres. Mélusine s'approche quand le facteur ouvre le gros conteneur jaune.

– Pardonnez-moi, monsieur, dit-elle d'une voix faible. J'ai posté une lettre par erreur. Il faut absolument que je la récupère.

Le facteur dévisage Mélusine avec méfiance. Cette jeune fille si pâle lui fait pitié. On dirait qu'elle est malade.

– Je vous en supplie, insiste Mélusine. C'est très important.

– Je n'ai pas le droit de faire cela, s'excuse l'homme.

– S'il vous plaît ! Je jette juste un œil.

Le facteur hésite. Et pourquoi non ? Que peut-il craindre d'une fille de 12 ans après tout ?

– Soit, chuchote-t-il comme si toute la rue pouvait l'entendre. Mais je ne vous laisse que cinq minutes. J'ai d'autres boîtes à relever ensuite.

Mélusine sourit avec reconnaissance. L'homme ouvre alors la boîte, sort la caisse remplie de lettres et s'apprête à la poser sur le sol lorsqu'un petit oiseau tacheté lui fonce dessus.

– Sale bête ! hurle le facteur en secouant la tête.

L'oiseau s'écarte un peu, fait demi-tour et frôle de nouveau le préposé de la Poste.

– Mais que... s'écrie l'homme en s'écartant vivement.

L'oiseau repart à la charge, piquant cette fois-ci l'oreille du postier.

– Aïe ! hurle ce dernier en portant la main à l'oreille.

Dans le mouvement, la caisse de lettres déséquilibrée bascule et déverse tout son contenu sur le trottoir.

– Oh non ! s'écrie Mélusine en se jetant par terre.

La jeune fée fouille avec frénésie dans les lettres éparpillées dans l'espoir de retrouver l'enveloppe qu'elle cherche. Mais le temps passe, sa vue commence à se brouiller, elle sent ses forces la quitter définitivement. Et tandis qu'elle sombre dans l'inconscience, une dernière pensée lui traverse l'esprit :

« L'oiseau, c'était la Fouine ! »

# 32

# Trou de mémoire

Lorsque Mélusine revient à elle, le décor qui l'entoure ne lui dit rien. La lumière qui filtre à travers les rideaux lui agresse les yeux. La jeune fée cligne les paupières plusieurs fois. La pièce dans laquelle elle se trouve lui est vaguement familière, mais elle ne parvient plus à se souvenir où elle l'a vue. Les murs sont tapissés de cadres constellés de taches de couleurs.

Mélusine se soulève un peu sur ses coudes et tourne la tête vers la fenêtre dans l'espoir d'apercevoir à travers les rideaux presque transparents le ciel toujours bleu de la petite communauté des fées. Elle rêve de voir se dessiner, derrière la mousseline, les arbres centenaires et les fleurs colorées qui lui sont si chers. En vain. Au lieu de cela, elle distingue une silhouette assise près de la fenêtre qui se découpe en contre-jour.

Voyant qu'elle est enfin réveillée, la silhouette s'agite, s'approche d'elle et se penche au-dessus du lit. Mélusine reconnaît Amandine. C'est bien ce qu'elle pensait. Elle est encore sur Terre. Elle a échoué. La voici condamnée à rester ici jusqu'à la fin de ses jours. Mélusine s'affaisse sur son oreiller en fermant les yeux. Une larme perle à ses paupières. Une grosse boule d'angoisse pèse dans son ventre.

– Oh ma belle ! Qu'est-ce que tu as ? lui demande Amandine d'une voix douce. Tout va bien maintenant.

Mélusine rouvre les yeux et regarde Amandine qui sourit.

– Te revoilà parmi nous ! reprend la grande fée. Enfin ! J'ai cru que tu ne te réveillerais jamais. Comment vas-tu ?

Mélusine est encore un peu engourdie par le sommeil mais elle se sent étrangement bien. Rien à voir avec l'état d'extrême faiblesse qu'elle avait ressenti lors de ses deux dernières heures sur Terre.

– Où sommes-nous ? demande-t-elle.

– Dans ma chambre, répond Amandine. Elle était un peu mieux rangée que la tienne !

– Dans ta chambre ? Mais…

La grande fée sourit de plus belle.

– Tu as réussi, lui dit-elle simplement en guise de réponse.

Mélusine se redresse sur le lit et s'appuie contre l'oreiller. Elle rassemble ses idées pour essayer de se souvenir.

– J'étais sur le point de récupérer la lettre lorsque l'oiseau est arrivé, se rappelle-t-elle. Le facteur a fait tomber toutes les lettres et après, je ne sais plus.

Amandine passe une main dans les cheveux de Mélusine.

– Non seulement tu es une excellente fée mais en plus, tu as de la chance.

Mélusine relève un sourcil.

– Ta magie a guéri la grand-mère de Chloé de sa phobie semble-t-il, explique Amandine. Quant à la lettre, elle n'est pas partie. Tu as donc rempli ta mission brillamment alors que plus personne ne croyait que c'était possible.

– Mais je ne l'ai pas retrouvée.

– Quoi ?

– La lettre, précise Mélusine.

Amandine prend un air de conspiration.

– Je sais. Mais le facteur a été si impressionné lorsque tu as perdu connaissance qu'il a pensé que cette lettre devait être vraiment importante.

– Et ?

Amandine se penche pour attraper quelque chose par terre et pose un gros sac de jute sur le lit.

– Et il nous a laissé la levée d'hier pour que tu puisses récupérer la lettre !

# 33

# La mission se poursuit

Chloé et Louise trépignent d'impatience dans la cour du collège. Comme chaque matin depuis trois jours, elles surveillent l'arrivée des élèves en espérant apercevoir leur amie. Depuis que Mélusine a disparu dans le jardin après l'intervention d'une femme étrange, elles n'ont plus de nouvelles d'elle. Cela fait trois jours que Mélusine n'a pas donné signe de vie.

Louise a demandé à ses professeurs si Mèl ou sa tante avaient écrit ou donné une explication pour excuser son absence, mais personne n'avait la moindre information. Chloé, de son côté, avait essayé de trouver l'adresse de leur amie et cela n'avait rien donné non plus. Elle avait obtenu le nom de famille de Mèl, mais personne ne répondait à ce patronyme dans l'annuaire. Mélusine semblait s'être volatilisée.

Tout à coup, Chloé se dresse sur la pointe des pieds. Elle croit avoir aperçu un bout de chevelure rousse au milieu des élèves qui arrivent au collège. Soudain, un groupe de garçons s'écarte un peu et Mélusine apparaît, cherchant elle aussi ses amies du regard.

– Elle est là ! s'écrit Chloé.

Au même moment, Mèl l'aperçoit et sourit. Elle se précipite vers Chloé et Louise en riant.

– Qu'est-ce qui s'est passé ?

– Où étais-tu ?

– Pourquoi ne nous as-tu pas donné de nouvelles ?

– Tu nous as fait une de ces peurs !

– On a cru que tu avais disparu !

– Que quelqu'un t'avait enlevée !

Louise et Chloé pressent Mélusine de questions sans lui laisser le temps d'y répondre. Après quelques minutes, elle peut enfin placer quelques mots :

– J'ai fait un malaise. Je suis restée couchée trois jours.

– Tu aurais pu prévenir, lui reproche Chloé. Nous nous sommes inquiétées.

– Ma tante a appelé le collège, répond Mèl.

– Non ! déclare Louise. Les professeurs n'avaient aucune nouvelle.

– Ah !

La cloche interrompt les trois amies. Il est l'heure d'entrer en cours.

– Tu passes chez moi ce soir ? lance Louise avec enthousiasme en s'éloignant vers sa classe.

– Pas ce soir, demain plutôt, répond Mélusine. Ce soir, je vais au restaurant *Au Plat unique* avec ma tante. J'ai un rendez-vous que je ne peux pas manquer…

Achevé d'imprimer en novembre 2011 sur rotative numérique Prosper
par l'Imprimerie Sagim à Courtry (Seine et Marne).

Dépôt légal : septembre 2011
N° d'impression : 12634

*Imprimé en France*

L'imprimerie Sagim est titulaire de la marque
Imprim'vert® depuis 2004